JN212584

古代ギリシア・ローマの魔術のある日常

ANCIENT MAGIC

フィリップ・マティザック【著】
Philip Matyszak
上京 恵【訳】
藤村シシン【解説】

原書房

古代ギリシア・ローマの魔術のある日常

目次

文中の［　］は原注
＊以下の脚注は日本語版注釈を示す

本書の訳出にあたり、藤村シシン氏から多くのご指導をいただきました。
ここに記して深謝申し上げます。

まえがき
古代の魔術を知る

古代の魔術*を学ぶためには、まずは「超常現象」のことを忘れよう。古代世界**に超常現象というものはなかった。不可思議なものが存在しなかったからではなく、あらゆるものが不可思議だったからである。古代世界は神秘的だった。つまり「神の力にあふれていた」のだ。自然は魔術で満ちていた。花は魔術のように実に変わり、毛虫は魔術のように蝶に変身した。魔術によって雲に充満したエネルギーには、狙いすました雷の一撃で家を破壊できるほどの力があった。自然はまさに「超自然的」だった。ギリシア人やローマ人にとって「魔術」とは、求める結果を得

* 本書の原著では、英語の magic と sorcery の定義が分けられている。前者はより神秘的、感覚的なもの。後者は知識や技術が必要なより人為的なものである。日本語では「魔法」と「魔術」と使い分けることができるかもしれないが、現代日本人、現代英語圏、そして古代世界との間では感覚的にも定義的にも範囲が異なる。以後、本書では基本的には「魔術」に統一するが、時に語感を優先して「魔法」を使用する。古代世界の魔術の定義については、前書きを参照。

** 本書が扱う西洋古代世界とは、紀元前八世紀～紀元後六世紀ごろ（約一四〇〇年間）のギリシア・ローマを中心とした地中海周辺地域。古代ギリシア語・ラテン語を主な言語とする人々の世界である。

メルクリウス（ヘルメス）・トリスメギストス
「霊感を受けた神聖なる精神と天空の高い意識の力によって、偉大なるユピテルから生まれた者」。

るために自然の力を利用することだったのだ。

ドングリを植え、水と時間の力を利用してオークの木を作り出すのは、魔術のなせる業だった。だから、立派なオークの木（木の精《ドリュアデス》を備えたもの）を生み出せたなら、きっとどんな魔術師でも鼻高々だったに違いない。

もちろん、実行するために複雑な儀式や決まり文句を必要とする魔術もある。必ず成功するとは限らなかった――とはいえ、同じことはパンを焼く場合にも言える。古代人はイーストが何か知らなかったにもかかわらず、どうしたらパンをおいしく焼けるかは知っていた。魔術をかけるのも、パンを焼くのも、基本的な原理に変わりはない。材料を集め、適切な条件で混ぜ合わせ、それらが相互作用するのを期待に胸躍らせて待つ。材料のことはだいたい理解していても、それらがどんなふうに作用するかは理解していない。召喚する対象が乳酸菌ラクトバチルス・サンフランシセンシスであろうが、地下にいる「ヘルメスの霊魂」ヘルメス・トリスメギストス（三重の偉大なヘルメス）*であろうが、そんなことは関係ない。どちらも魔術的な存在なのである。

---

* ヘルメス・トリスメギストス（三重の偉大なヘルメス）とは、エジプトのトート神との接触によってエジプト化したヘレニズム期ギリシアのヘルメス神の一形態である。魔術の神としてのトートの役割を反映し、『古代ギリシア語魔術パピルス』（前四世紀以降）には頻出する。後二世紀の神学者アレクサンドリアのクレメンスによると、ヘルメスは占星術、宇宙学、地理学、医学、教育学などをはじめとする書物を記したという。名前の「三倍偉大な」は、同じ言葉を繰り返すことで最上級を表すエジプトの表現に由来している（例えば、ロゼッタストーンには「偉大な、偉大な、偉大な」という表現でヘルメスが登場している）。それが後にラテン語接頭語 tris-（三重）によって置き換えられ、簡略化され「tris-megistos」となった。*The Oxford Classical Dictionary*, s.v.Hermes Trismegistos.2012.

ケトス（海獣）に乗るネレイス。

世界はそんな存在だらけだった。庭一つ一つに何十もが棲息していた。あらゆる木には精が宿り、あらゆる池には精霊《ニュムペー》が棲み、海の精ネレイスたちは海辺の波間で戯れていた。それに加えて、現在ではありふれた動物と考えられている魔法の生き物がいた――イタチ、キツツキ、狼など。あらゆる自然の場所には、その地の雰囲気を生み出す自然の力、地霊ゲニウス・ロキがいた。魔術を実行するのに大切なのは、そういった力――神秘的で目には見えないが現実に存在している力――を利用できる能力を持つことだった。

だからこそ、「超常現象」を忘れることから始めるべきなのだ。しかし、古代世界における魔術を理解するに当たって、忘れるべきことはもっと多くある。現代の世界、とりわけ西洋では、目に見えない力を扱うのは長らく宗教の専売特許だった。けれども古代では、宗教の独占ではなかった。たいていの場合、宗教とは国家が推奨し市民が義務として奉じるもので、人間と神の間を取り持っていた。だが、神々を人間のように扱って、宇宙がどのように生まれてどんなふうに機能しているかを説明するのは、神話の役割だった。そして一般の人々は、目に見えないものと直接交流するために魔術を利用した。

古代とは、神々が人間と同じく空間と時間の産物である世界、人間が精霊や神々と話すのみならず、人間自身が神になることもある世界なのだ。要するに、あらゆることが可能である世界を想像すればいい。それが、古代という魔術に満ちた世界である。

こうした世界観は一見突飛に思えるかもしれないが、実はそうでもない。カオス理論や量子効果に関する最近の研究によれば、あらゆることが予測可能、理解可能なわけではない。「現実」は、我々が認識しているものとはまったく異なっているかもしれない。本書が探求しているのは、そうした「別の現実」の一つだ。惚れ薬を作ったり、呪いをかけたり、死者と話したりすることが可能な現実である。本書を読めば、邪悪な霊を見つけて追い払う方法、人狼や吸血鬼を避ける方法がわかるだろう。

とはいえ、何かのやり方を「知っている」からといって、それを「行うべき」というわけではないのは強調しておきたい。古代ローマ人は、庭でトリカブトを栽培する人間を見つけたら問答無用で殺した。この一見無害な植物からは、きわめて容易に猛毒を作り出せるからだ。古代人は、禁断の魔術を使っている疑いのある人間を即座に裁く――そして罰する――ことが多かった。それは、魔術を理解していないからでも、「超常現象」を恐れていたからでもなく、ある種の活動はそもそも反社会的、あるいは途方もなく危険であり、断固として阻止する必要があったからである。

今日でもそれは同じだ。ほとんどの西洋社会において、魔女や魔術師を自称するのは違法ではない。しかし今でも、魔術の中には、きわめて非合法的で、実践する本人や周囲の者にとって危険なものがある。たとえば、本書には古代人が神霊などの霊を冥界から呼び出した方法が書かれているが、読者諸君は決してそんな儀式を自宅で行わないでほしい。実験が失敗して、せいぜい時間とバケツ何杯分かの羊の血が無駄になる程度でおさまるかもしれない。だが最悪の場合は――成功するかもしれないのだ。

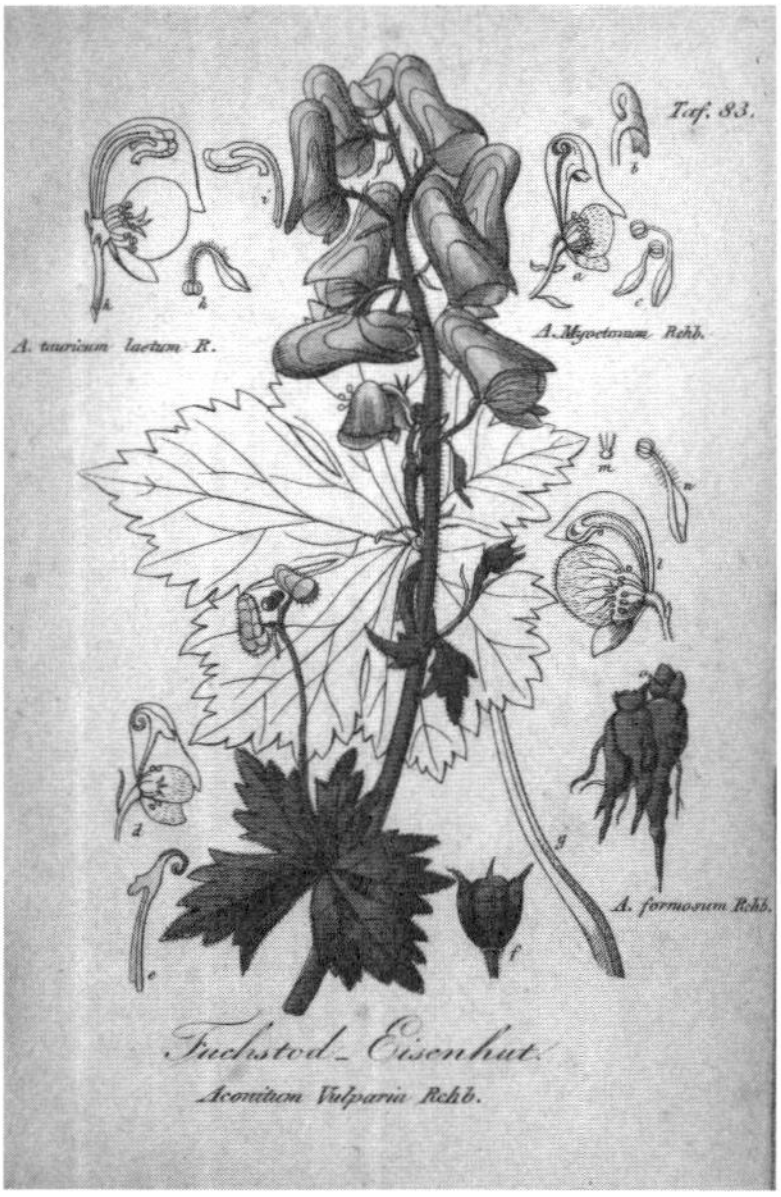

トリカブト（ウルフスベイン）。それが殺すのは狼《ウルフ》だけでなく……。

第一章　死者との対話

死体に質問するには、亜麻の葉を一枚取って「AZEL BALEMACH」*［小さな字で書くこと—亜麻の葉は大きいものでも長さ四センチ（一インチ半）しかない］という一二文字を書く。インクは赤土［赤鉄鉱から取れる顔料］、ニガヨモギから採ったばかりの樹液、焦がした没薬、常緑樹の針状葉、そして亜麻で作る。指示どおりの文字を書いて、それを［死体の］口に入れる[1]。

誰でも心から望むなら死者に語りかけることはできる、とはよく言われる。難しいのは、死者から返事を得ることである。そのためには専門的な技術、あるいはそんな技術を持つ人間、すなわち生者と死者の間のベールをくぐって死者の霊をこの世まで引き戻せる者の助けが必要となる。そういう人間を死霊術師**と呼ぶ。

---

* 本書では英語圏用に一二文字がオリジナルのものになっているが、元の魔術パピルスでは古代ギリシア語である。魔術の効用の面から原語と読み方が気になる日本の読者もおられると思うので、下記に原文を記す。「AZHΛ BAΛEMAXΩ」。発音は「アゼール・バレマコー」。魔術パピルスに多く見られるこういった呪文は、外国語に由来していたり、アナグラムが使われていたりするので、意味は不明瞭であることが多い。

** 古代ギリシア語では「プシュカゴーゴス（魂の呼び出し人）」「ネクロマンティス（死霊占い師）」など。英語では「ネクロマンサー」と呼ばれる死霊術は古代世界では一般的な占いの手段であり、適切な人間が適切な方法で行うなら特にいかがわしいものではなかった。実際、かの伝説的英雄オデュッセウスも死者と会話をしている。本書ではその対話法を詳細に見ていくことにする。その手法はバビロニア人やペルシャ人が確立したもので（ペルシャの死霊術師は「マギ」や「ネキュオマンテイス」と呼ばれた）、ギリシア人やローマ人も積極的に採用した。

現在、死霊術は闇の魔術だと思われているが、それは聖書で固く禁じられているからだ。「死者に伺いを立てる者などがいてはならない。これらのことを行う者をすべて、主はいとわれる[2]」。もちろん、それでもサウル王は予言者サムエルの霊を召喚するようエンドルの魔女に依頼するのを思いとどまらなかっ

タナトス（死の神）とヒュプノス（眠りの神）がギリシアの英雄サルペードーンを運んでいる間に、この殺された戦士の霊は2人の間から飛び去っていく。

たが、彼はそのせいでサムエルから叱責を受けることになった[3]。聖書が死者の霊の召喚を禁じているため、今日では死霊術、中でもローマ貴族の一部が行ったとされる少年を虐殺する儀式は、黒呪術*の一種と考えられているのだ。「汝は秘密の冒瀆的な生贄の儀を始め、地下世界の霊を召喚して、殺した少年たちのはらわたを与えて霊どもの歓心を買うのを習わしとした[4]」

死者との対話は簡単ではないし、死者が時間、空間を遠ざかるにつれて「ちゃんとした」儀式も困難になる。死霊術が最も容易なのは、死者が死んだばかりで術師の目の前にいるときである。長く放置しすぎると、死者の霊と話すことはできなくなる。その最大の理由は、死者は死んでいるのをやめるからだ。

これを理解するには、根本的な問いに答えねばならない。死者とは何者か？　答えは「生きていない人間」といった単純なものではない。生きているのがどういう状態かは誰でも知っているが、その後何が起こるかについての意見はさまざまである。死者とは、この世から遠く離れた領域まで運ばれていく実体のない魂なのか？　死んだ場所や環境に閉じ込められたエネルギー体なのか？　あるいは朽ちた土を盛った塚に穏やかに眠っているものなのか？　これらのうちのどれか、あるいはその全部なのか？　それがわからなければ、死霊術師には何もできない。自分が誰

＊「黒魔術」は現代的なカテゴリーだが、古代世界の魔術をさす場合は、主に攻撃的な呪術をさす。一方で「白魔術」は護符や治療魔術など、人を助ける害のないものを指す。どちらにも属さず、使い方によって害意の有無が決まる「中間魔術」には死霊術や恋愛魔術などが入る。*The Oxford Classical Dictionary*, s.v.Magic Trismegistos.2012

と——あるいは何と——話しているのかわからないまま会話をするのは難しい。

ギリシア人やローマ人の考えでは、死とは実のところ人間の基本状態である。死者の霊と話す値打ちがあるのは、彼らが時間を超越しているからだ。死者にとって未来は過去と同じくらい明確なので、この世での自分の人生がどうなるかを知りたい人間にとって、霊は有益な相談窓口だ。人間は本質的には神と同じく不死不滅である。肉体は死ぬかもしれない（たいていは死ぬ）が、肉体に宿る霊を滅ぼすことはできない*。どんなときでも、人類の大部分はあの世の暗闇に潜んでいる。だからこそ、冥界を支配する神ハデスにはプルトン（「多くの者むかえる主」の意）というごたいそうな名前があるのだ。人間の霊魂は不滅なので、神が人間に対してできるのは、最悪でも人生（かなり広い意味での「人生」）を可能な限り悲惨にすることくらいである。シシュポスやタンタロスの物語も、そういう考えから生まれたのだろう。シシュポスは神々を欺いた罰として、永遠に岩を転がして山道を上がるよう運命づけられた。山頂に近づくたびに、岩はまた転がり落ちる。タンタロスは神々に人肉料理を出したために、あと少しで手の届かないところに食

* 魂が不滅かどうかは古代の宗教でも見解が分かれる。神々と人間の差は不死かどうかであり、人間の魂の不死性を認めれば、人間の中に神性があるという矛盾を生んでしまうからである。特に魂の不死性を認めて死後の幸福を求める教義は、ピタゴラス教やオルフェウス教に強くある。入信するかどうかは古代人の間でも違いがある。本書が取り上げているのは、ギリシア神話とオルフェウス教の神話を同時に信じる状態の古代人である。（*The Oxford Classical Dictionary*, s.v.Orphism,2012.）

一見不思議な状態かもしれないが、日本と比較すると、神道と仏教を同時に信じている状態に近く、当時の世界観としてもおかしなことではない。

死霊術師、エンドルの魔女

イスラエルの王サウルはペリシテ人にどう対処すればいいのか知りたかったが、占い師も予言者も役に立たなかった。切羽詰まったサウルは高名な魔女に、予言者サムエルの霊を呼び出すよう頼んだ。


女は尋ねた。「誰を呼び起こしましょうか」「サムエルを呼び起こしてもらいたい」と彼は頼んだ。その女は、サムエルを見ると、大声で叫び、サウルに言った。「なぜわたしを欺いたのですか。あなたはサウルさまではありませんか」

王は言った。「恐れることはない。それより、何を見たのだ」

女はサウルに答えた。「神のような者が地から上って来るのが見えます」

サウルはその女に言った。「どんな姿だ」女は言った。「老人が上って来ます。上着をまとっています」サウルにはそれがサムエルだとわかったので、顔を地に伏せ、礼をした。[5]

非常に立腹したサムエルはサウルに、サウルとその軍隊は明日全滅すると告げた――そして、そのとおりになった。

サムエルの霊がサウル王にお告げをする

べ物と飲み物を置かれてお預けを食らわされるという罰を与えられた（「じらして苦しめる」を意味する英単語"tantalize"はタンタロス（Tantalus）が語源）。

とはいえ、そういうケースは例外的だ。ほとんどの人間にとって、生前の悪事への罰は、死んでからたっぷり時間をかけて後悔させられることである。死者の霊がどんな感情を持っているかに関して古代の哲学者の間には大きな意見の相違があったが、冥界が生者の世界よりも灰色の殺風景な場所だということでは一致していた。そんな場所であるべきなのだ。古代の哲学の教えによれば、この世における人生は、とうてい長続きしないほど激動に満ちている。人は感情に揺り動かされ、相矛盾する衝動や願望の板挟みになり、肉体的・精神的な飢えや苦しみに悩まされる。これが永遠に続いたなら、誰でも正気を失ってしまう。だから死が彼らを冥界に連れていってく

穏やかな冥界の光景。渡し守カロンがステュクス川で船を漕ぎ、奥にはハデスと妻ペルセポネがおり、番犬ケルベロスは隅でくつろいでいる。

れる――ステュクス川の対岸にある、あの冷たく静穏な場所へ。時間の枠の外では、生きているときの鬱積したエネルギーや高ぶった感情は徐々に消えていく。過去の人生で何が正しくて何が間違っていたのか、どうしたら次の機会にはもっとうまくできるかを、魂は明確に理解する。

なぜなら「次の機会」はあるからだ。反省の期間を過ごしたあと、魂は冥界の一方の端に引き寄せられる。そこにはレーテという小川が流れている。そばに洞窟があり、その中に今後の人生についての説明が書かれている。その説明は「くじ（lots）」と呼ばれる。人が自分の「人生の運命《ロット》」について話すときは、これのことを言っているのだ。苦しみと精神的成長にあふれた短い人生を送るか、大金持ちのプレイボーイとして無意味な人生を送るかを決め、それに従ってロットを選ぶ。そのあとレーテの水を飲むと、即座に忘却が訪れる。そうして新たに生まれ変わって、自分の選んだ運命を生きるのだ。

レーテ川はこの静謐な木立の中を静かに流れている。木々の間を無数のものが行き交っている。その正体がわからず、アイネアスはあれは何かと尋ねた。［彼の父親の霊］アンキセスは言った。

「あれは生まれ変わろうとしている魂だ。ここレーテ川に集まって忘却の水をたっぷりと飲もうとしている。そうしたら水は彼らの苦悩を洗い流してくれる。悩みから解放された彼らは、地上の世界に戻っていくのだ[6]」

もちろん、そうして生まれ変わった人の霊魂に、死霊術で接触することはできない。クレオパトラが現在ドリス・スミスとしてフィッシュゲイトに住んでいるのなら、クレオパトラの霊魂はいくら探しても見つからないだろう。その霊魂は今やクレオパトラの過去も未来もまったく覚えていないし、そもそも生者相手に死霊術は効かない。また、霊魂が死後の楽園エリュシオンに到達して人間の次のレベルに進化し、永遠に手の届かないところに行ってしまっても、接触することはできない。

相手をまだ手の届くところにいる魂に限定したとしても、死霊術師は呼び出す対象を慎重に選ばねばならない。アテネの農夫にブリテンの未来について尋ねるのは、幼児にアッカド帝国の歴史について尋ねるのと同じくらい無益である。特定の対象を選び出すのも簡単な作業ではない。死者に呼びかけることはできても、その中から特定のメンバーを召喚するのははるかに困難なのだ。

オデュッセウスとテイレシアス

以下に述べるのは、死者の召喚について死霊術の実行者が語った話である。これはホメロスの『オデュッセイア』*に書かれている[7]。（まじないがどれだけ正確に行われたかについては読者諸君の判断にお任せする。一部の記述は後世に付け加えたものだと現代の学者は考えている、ということは知っておくべきだろう。）来るべき危険な旅を考えれば、そうした危険を避ける方法に

＊『オデュッセイア』は紀元前八世紀ごろの英雄叙事詩。古代ギリシア最古の叙事詩『イリアス』に続く物語である。

ついて主人公オデュッセウスが熱心に助言を求めたのも当然だろう。死霊術の儀式の中で、オデュッセウスは魔女キルケーから教えを受ける。彼女は人を動物に変える能力でよく知られており、その魔術はオデュッセウスの仲間にも用いられた（76〜81頁参照）。オデュッセウスはテイレシアスという者と話をすることを望んだ。生前のテイレシアスは盲目でありながら未来が見えることでよく知られており、その力は死によって強くなったはずだと考えられたのだ。

我々は船を浜に揚げ、羊をおろし浜辺を進み、［道標を見て］キルケーが教えてくれた場所にたどり着いた。（中略）私は剣を抜いて幅と深さが一キュービット［肘から中指の先までの長さ］の溝を掘り、死者を供養した。最初は乳と蜜、次にワイン、そして水を与えた*。それらに白い大麦の粉を振りかけ、さまよえる魂たちに呼びかけた。故郷イタケに戻ったら群れの中で子を産まない最高の若い雌牛を生贄にして供える。豊かな供物を捧げ、特にテイレシアスには、飼っている中で最高の黒い羊を供えると誓った。祈願が終わると羊の喉を切り裂き、血を溝に注いだ。

するとと亡者たちが冥界から集ってやってきた。（中略）あらゆる方向から集まって溝に群がった彼らの奇妙な叫び声に、私は恐怖で青ざめた。彼らが近づくと、私は部下に、急いで

＊ ここまでは古代ギリシアでは一般的な死者の供養の儀礼である。死者に供えられる飲み物は「コエー」と呼ばれ、ここに示された乳、ワイン、蜂蜜、水を混ぜたもの、あるいはそれぞれ独立して捧げられるもの。

羊の皮を剝いでハデスとペルセポネへの捧げものとして燃やすよう命じた。それから死者たちの霊を血から遠ざけておくため剣を抜き、テイレシアスが私の質問に答えるのを待った。

この死者の召喚は、三つの点で注目に値する。第一に、死者の召喚はどこで行ってもいいわけではないと思われる。生者の世界と死者の世界の間のベールがきわめて薄い場所で行うのが最も効果的だ。最近戦争が行われた場所は、一時的にではあるが望ましい。それ以外の選択肢については、のちほど見ていくことにする（25～30頁参照）。

第二に、ここで血の重要性がわかる。この例の場合、血は白い大麦とともに用いられている。おそらく、伝統的に生贄の儀式で用いられるモラ（*mola*）として古代人に知られていた粉のことだろう（現代英語で被害者が"immolated"（「犠牲になった」）と表現されるのは、この *mola* が語源）。

オデュッセウスはテイレシアスの助言を求め、さまよえる霊は後ろで渦巻いている。

古代の死霊術で血は非常に一般的に用いられたらしい。古代人は、血が生命力の源であるのを認識していたからだ。ゆえに、血を捧げれば死者に一時的な生命を与えることができる。呼んでもいない霊が血を求めて多数殺到するのを見れば、死者が生命を欲していることがよくわかる。また、血は実際の意思疎通のためにも必要だったようだ。オデュッセウスは慎重に血の捧げものから他の霊を遠ざけたが、仲間のエルペノールの霊についてはその必要がなかった。エルペノールはまだ埋葬されていなかったために二つの世界の間をさまよっており、血を味わわなくても会話ができたのである。

第三に、まじないによって多数の霊が集まったという事実から、誰が召喚に応えるかオデュッセウスには決められなかったことがわかる。オデュッセウスと個人的な関係があったから来た者もいるが、多くは単に血の誘惑に引きつけられていた。「花嫁も独身者も、世の苦労で疲れ果てた老人も、まだ甲冑に血糊をつけたままの戦死した若者もいた」。オデュッセウスは彼ら皆を、血だまりの上に掲げた鉄の剣で遠ざけていた。テイレシアスが予言を行ったあと、オデュッセウスはどうしたら近くにいる霊の一人と話せるかを尋ねた。

しかし本当のことを教えてくださいーー哀れな母の霊がすぐ近くに座っているのです。血だまりのすぐ横に。彼女は一言も発せず、実の子だというのに私を覚えていません。偉大なお方、どうすれば母に私のことをわかってもらえるのですか？」「それを教えるのはたやすいことだ」彼［テイレシアス］は答えた。「どんな霊でも、血を飲ませてやればまともに話してくれる。血から遠ざけたなら霊は興味を失って離れていくのだ」。こうして予言を終えたテイレシアスの霊は、ハデスの王国へと戻っていった。私はずっとその場に座っていると、やがて母が来て血を飲んだ。すると母はすぐさま私に気づき、愛情を込めて話しかけてきた。（後略）

母の霊を抱き締めるのは不可能のようだった。私は三度母を腕に抱こうとしたが、そのたびに母はいかにも霊らしくするりと逃げていく。深く傷ついた私は尋ねた。「母上、なぜ私の抱擁を避けるのですか？　抱き合うことができたなら、たとえハデスの館にいても、悲しみを分かち合えるでしょうに。ペルセポネはこのように私を嘲ることで、悲しみを募らせたがっているのですか？」

母は答えた。「息子よ、これはペルセポネのせいではなく、死者のあり方なのです。肉体から生命が失われたなら、筋はもはや肉と骨をつなぎ留めてくれません。それらは燃え盛る炎の中で消え去ってしまうのです。魂が夢の中へ飛び去ってしまうごとく（後略）」

その後、血が効力を保っている間、オデュッセウスは「英雄たちの妻や娘」の多くと長らく語り合った。ただ、なんらかの理由で彼は女性としか話をせず、学んだことを聞き手に教えないよう注意していたようだ。人に言わないほうがいい秘密もあるのだろう。

死んだ息子を蘇らせた女性

後三世紀か四世紀のギリシアの作家ヘリオドロスが『エティオピア物語』という本で述べた「単純明快な」死霊術の儀式を紹介しよう。登場する女性は「ベッサの魔女」としてしか知られておらず、皮肉にも儀式は即座に彼女の死を招いてしまった。だが本書が注目しているのは、儀式そのもの、それがオデュッセウスの儀式とよく似ていることである。ただし死んだばかりの死体が目の前にあったおかげで、魔女はもっと容易に儀式を行うことができた。

老女は今なら誰にも見られない場所で邪魔されずに実行できると考え、まず溝を掘った。溝の両側に火を灯し、その間に息子の体を置く。それから近くにある三本脚の陶器の壺を取り、溝に蜂蜜を注ぎ入れた。次は乳の入った壺、そして神に捧げるワインの入った壺から中身を注いだ。

そのあとパン生地で作った人形を溝に放り込んだ。人形は男性の形をしていた。炉の中で軽く焼き、月桂樹と茴香《ウイキョウ》で作った花輪で飾られている。彼女は剣を取り上げ（中略）酔っ払って騒ぐかのように、一連の奇怪な祈りを月に向かって唱えた。そして自分の腕を切って月桂樹の枝に血を垂らし、それを使って火に血を振りかけた[8]。

これによって息子は一時的に蘇ったものの、嘆き悲しむ母親は彼から伝えられた情報に非常に狼狽してよろめき、近くにまっすぐ立てられていた剣に体を貫かれて即死した――生き返った息子が予言した、まさにそのとおりに。

死体を蘇らせる

次にルカヌスの『内乱　ファルサリア』からの引用を紹介しよう。『内乱』は、共和政ローマを終わらせた内乱を描いた派手で煽情的な書物である。書名は、カエサルとポンペイウスが争った激戦の地、ギリシアのファルサロスに由来する。ルカヌスの描く魔女は死霊術に長けており、なんとも身の毛もよだつ人物である。また、少々異常でもあった――たいていの魔女は、死者との対話で自らの能力を試したりするほど愚かではない。ところがこの魔女は、そのためにすっかり正気を失ってしまったよう

エリクトはさらに一握りの材料をつかみ、若きポンペイウスは呆然と見つめている。

だ*。

魔女エリクトは、テッサリアの魔女たちの違法な儀式や不正行為では邪悪さが足りないとばかりに、自らのおぞましい能力を利用して未知の儀式を行った。彼女はまだ生きていたにもかかわらず、地下にある冥界の謎を知り、死者の言葉にならない訴えを聞くことができた。神々もそれを止められなかった。

（前略）温かな血が必要なら、エリクトは切り裂かれたばかりの喉から躊躇なく血を取った。子宮を切り開いて胎児を燃え盛る祭壇に置き、まだぴくぴく動いている肉を食屍鬼への捧げものにした。

こうした行為は明らかに反社会的だが、大ポンペイウスの息子セクストゥス・ポンペイウスはエリクトの予言の力に魅了された。無理からぬことだが、彼は父とカエサルの争いの結果を知りたくてうずうずしていた。エリクトは最近戦いが行われた場であるファルサロスで依頼者と会う

＊古代世界における魔術描写は時代が下るごとに過激になっていくが、女性、外国人、奴隷といった社会的弱者が魔術の実行者として多く描写されることには注意が必要である。魔術とはアブノーマルな行為であり、それを行う者もまた社会的には「普通ではない人」でなければならないという先入観が当時からある。こういった古代の魔術実行者のラベリングに関しては、Radcliffe G. Edmonds III, *Drawing Down the Moon: Magic in the Ancient Greco-Roman World*, 2019 を参照。

ことを承知した。戦場に散乱する死体が多ければ多いほど、生者と死者の世界を隔てるベールは死者の魂によって何度も穴を開けられて薄くなり、未来を教えてくれる新しい死体を見つける可能性は高くなるのだ。エリクトは依頼者に次のように説明した。

「このあたりの戦場には大変多くの死者がおりますが、いちばん安易なのは最近殺された者を選ぶことです。干からびた死体からは不可解で支離滅裂な言葉しか聞けませんけれど、まだ温かな死体の口からは、意味のある話が聞けるでしょう」

大事なのは肺が傷ついていない者を選ぶことだ。山と積まれた死体を調べながら、魔女はそう述べた。蘇った体は呼吸せねばならないからだ――生きるためでなく、話すために。

魔女はついに一つの死体を選び出し、鉤を引っかけた縄を首に回して死体を引っ張り、いくつもの岩や石を越えて、儀式のために選んでおいた洞窟がある山の横の背が高い岩に置いて生き返らせようとした。

まず死体の胸に新たな傷をつけ、その穴から新鮮な血とともに凝結した血塊を取り除いた。それから月光のもとで採取した毒をたっぷり注いだ。狂犬が口から吹いた泡、オオヤマネコのはらわた、不潔なハイエナの背中のこぶ……(後略)。

「復讐の女神フリアイよ……地下世界の支配者よ……そしてペルセポネよ、そして死者との言葉のない交信を我に許したもう保護者へカテーよ……我が生贄の皿に頭と臓器が置かれなければ生きていたであろう幼児によって、我が願いを叶えたもうことを望む。長く冥界にいてその暗闇に慣れ親しんだ霊ではなく、冥界に下りたばかりでまだ背後に光が差している霊、いまだ深い淵の端にとどまっている霊を与えたまえ」

現れた霊は元の体に入るのをいやがったが、やがて魔女の脅しに屈して「死の最後の贈り物を放棄した――肉体が二度死ぬことはないという贈り物を」

四肢が震え、あらゆる筋が引きつる。やがて死体は起き上がった。手足を順に動かすのではなく、地面から跳ね上がるかのように一気に直立したのだ。口はあんぐりと開き、目は開いていたものの、生きているようには見えず、まさに死のうとしている人間のように見えた。

魔女ははっきりした明確な予言が得られると約束していたにもかかわらず、死体が言えたのは、最近死んだ者たちはまだ生きていたときの心配ごとを忘れておらず、双方の死者は冥界でも戦いを続けると決意している、ということだけだった。結局若きセクストゥスは、未来については依然としてわからないままだった。「誰がナイル川のそばに埋葬され、誰がテヴェレ川の隣に横たわるか——それは今後の戦いが決めるのです。あなた自身については、自らの運命を尋ねてはなりません——それは運命の女神が明らかにしてくださるでしょう」

そう言うと、死体は悲しげに立ち尽くした。彼は無言で、再び死なせてくれと要求している。だが死は既に彼に対して最悪のことをしており、もう一度彼の命を奪うことはできなかった。彼がまた死を迎えるには呪文や薬が必要だった。魔女は大量の火葬用の薪を用意しており、死者は火が灯されたところまで歩いていってその上に横たわり、彼らは男を再度死なせたのである[9]。

この書物は説明書としてではなく、聴衆を恐怖で戦慄させて楽しませるための煽情的なホラー物語として作られたものだ。死者を蘇らせる薬の材料の一部がきわめて入手しにくいのみならず（すべての材料を書き記すには数ページを要する）、これを実行するには魔女エリクトの能力が必要だったのは明らかである。もちろん、彼女はセクストゥスに対して儀式の困難さを誇張していた可能性もある。それでも、多くの人がウィジャボードで遊んだり降霊会を開いたりして楽しむ現代とは違い、古代では死者との交信は専門家に任せるのがいちばんいい、というメッセージは明瞭だ。

エリクトの手法における、血や適切な場所の選択の重要性は、オデュッセウスが行ったそこまで異様ではない方法と共通している。冥界はどこでも同じように生者の世界と接しているわけではない。どれほど効果的な儀式でも、それを行う場所が冥界に通じていなければ失敗に終わる。戦場は有益な近道だが、さらに適切なのは、二つの世界が自然に交わっている場所である。

冥界への入り口

ネクロマンテイオン

古代の冥界とは物理的な場所、この世と同じく現実的な存在だった。もちろん死者の霊は冥界を通るが、生きている人間も（特殊な状況では）訪れることができた。生者の世界を流れる川が、下降して冥界をも流れることがある。そういう川のうち三つには、アケロン（「喜びなき川」）、コキュートス（「嘆きの川」）、ピュリフレゲトーン（「燃え盛る炭の川」）と、それぞれふさわしい名前がつけられている。三川はギリシアのエペイロス地方テスプロティア県の町エピュラで合流しており、この場所にネクロマンテイオン（死霊神託所*）が置かれているのも驚くべきことではないだろう。ネクロマンテイオンは非常によく知られていて、後二世紀のローマの旅行作家パ

* 死霊神託所は、通常の神託所とは異なり、神ではなく死者から託宣を受ける場である。古代ギリシアには少なくとも四つの公的な死霊神託所があり、タイナロン岬の洞窟、ポントスのヘラクレイアの洞窟などがある。
本書で触れられている最も有名なエピュラの死霊神託所は、冥界の王ハデスと妻ペルセポネに捧げられた聖域である。（Daniel Orgen, *Greek and Roman Necromancy*, 2001.）

ウサニアスは、ここがオデュッセウスがかの有名な死者の召喚を行った場所だと考えた。この場所は青銅器時代にも知られていたらしく、前一三世紀の子供の墓がいくつか発見されている。これはオデュッセウスとほぼ同じ時代である。だが神託所ネクロマンテイオンが作られたのは前八〇〇〜四八〇年のアルカイック期で、ギリシア全土から人がここを定期的に訪れた。古代ギリシアの歴史家ヘロドトスは前五世紀にそういう訪問者の一人、コリントスの僭主ペリアンドロスに派遣された使者の物語を記している。

ペリアンドロスが死者の託宣を求めて、テスプロティア県にあるアケロン川のほとりに使者を送った。ある外国の友人が［ペリアンドロスの亡き妻メリッサに］預けた物があり、ペリアンドロスはその所在を知りたかったのだ。するとメリッサの霊が現れたが、夫には何も教えない、彼は自分を裸で寒いまま放置したのだから、と言った。彼女の服は火葬されなかったため用をなさなかったのだ。

メリッサの霊であることを証明するために、彼女は使者にペリアンドロスがパンを冷えたかまどに押し込んだことを思い出させるよう伝えた。使者からそう聞いたペリアンドロスには、霊が真実を話したことがわかった。彼はメリッサの死体と交わったことがあったからだ[10]。

ペリアンドロスはこのメッセージについてじっくり考えた末、ヘラの神殿での祝宴にコリントスの女性貴族を呼び集めた。女性たちが集まると、唖然とした彼女たちから上等の服が剝ぎ取られ、穴に入れて燃やされた（伝統的に、冥界への捧げものはホロコーストと呼ばれる生贄の儀式でこのように焼かれる）。贅を尽くした服を受け取ったメリッサは喜び、行方不明の金の置き場所を明かした。

この神託所がさらに有名になると、そこに神殿が建てられた。神託を求める者は、死者の霊に会う前に一連の入念な儀式を行い、「特別な食事」を摂らねばならなかった。食事には、それらしい気分になれるように作られた幻覚誘発剤が含まれていた可能性がある。考古学的な証拠からは、現代の舞台装置のような重機が用いられて儀式が一段と本物らしく見せられたことが判明している。いずれにせよ、常識的なローマ人はこの場所とかかわりを持ちたがらず、神

冥界の門。入るのは簡単でも……。

殿は前一六七年の侵攻でエイペロス地方の大部分とともに破壊された。

その後、この場所は一九五八年に発見された。本書執筆時点におけるギリシア文化省の公示によれば、ネクロマンテイオンは毎日午前八時から午後五時まで開いており、神託所で死者との交信を望む者は八ユーロの「寄進」をすれば立ち入ることができる。たとえばエリクトの薬を調合するのに必要な材料のリストと比べたら、非常に安上がりだ。ハロウィーンの頃にさらに安く入りたいなら、一〇月二八日には入場料が無料になることを知っておくといい*。

パムッカレの冥界の門

現代のトルコに位置する「神官の町」パムッカレ（ヒエラポリス）**には、名高いプルトネイオンがあった。これは古代世界においてきわめて稀なタイプの神殿である。普通、プルトン（ハデス）

* 二〇二〇年現在、一九五八年に発掘されたこの遺跡は「ネクロマンテイオン」ではない、とする見解が強い。地理的な条件や時代が史料と矛盾しているためだ。本文中の「儀式を本物らしく見せる小道具」とは、青銅の歯車のような非常に特徴的な出土品のことであるが、発掘当時は、蘇った死者を演じる〝役者〟を地下から釣り上げるクレーン装置の一部だと見なされていた。しかし、現在ではこの遺跡は要塞化された農家であったとする見方が強く、この部品も農家が生産していた農具や武器、投石器の一部とみなされている。また、死霊と交信するための地下室も、水や穀物の貯蔵庫であった可能性が示唆されている。主な研究は下記を参照。J. Wiseman, "Rethinking the 'Halls of Hades'", *Archaeology* 51.3, pp. 12-18, 1998.
ただし、今も遺跡は現地でネクロマンイオンとして正式に識別され運営されている。

** 日本では「パムッカレ」という呼称の方が通りがいい。石灰岩の真っ白い丘で有名な世界遺産だが、石灰棚の上に古代の広大な遺跡が乗っていて、本当はそちらがメイン部分である。

を祀る神殿は「毒気のある《メフィティック》」場所、つまり天然の有毒ガスが地面から噴き出す場所に作られた（ややこしいことに、「メフィティック」という語は別の神、硫黄の有毒な蒸気の擬人化たる疫病の女神メフィティスに由来する）。

この有毒ガスは冥界から直接漂ってきていると信じられており、「冥界の門」から立ち昇る煙は上空を飛ぶ鳥や近づきすぎた小動物を殺すほど強力だと言う人もいた。一九六五年にここが発掘されたとき、ガスの主な成分は二酸化炭素だと判明した。開放された場所では消散するため無害だが、高濃度のガスを吸うと窒息することもある。

女神キュベレに仕える日和見主義の神官たちはこの場所を柵で囲い、死者に質問をしたい人々のためにプルトンの神託所を作った。神官たちは、自分たちはカストラート（「宦官」）で、女神から毒ガスの影響を受けないようにしてもらったのだと言った（キュベレに仕える神官は、キュベレの去勢された伴侶アッティスをまねて去勢されていた）。ローマの歴史家カッシウス・ディオ（後一五五頃～二三五）は自らこの場

ライオンの引く戦車に乗った、大地の母なる女神キュベレ。

所を訪れている。

このような［冥界への］入り口はアジアのパムッカレで見たことがある。私は鳥で試してみた。穴の上に屈み込み、自分の目で蒸気を見た。蒸気を貯める槽のようなものがあり、彼らはその上に神殿を建てていた。蒸気はカストラート以外のあらゆる生き物を殺す。それについて説明を加えるつもりはない――ただ、私自身がこの目でそれを見たのである[11]。

パムッカレは再び観光産業でにぎわっているため、カッシウス・ディオと同じ経験をしたい人間の訪問は歓迎される。プルトネイオンは観光客に公開されているが、もはや人を殺すことはない。おそらく何世紀もの間に起こった無数の地震のために、冥界への入り口は半ば閉じてしまったのだろう。*

アウェルヌス湖

おそらくローマ人は、遠く離れたギリシアのネクロマンテイオンには興味がなかっただろう。

* 二〇二一年現在、ヒエラポリスのプルトネイオンは発掘・修復プロジェクトのため観光では立ち入ることができない。穴の修復調査に加え、ハデスとケルベロスの像のレプリカが元あった場所に復元されており、現在もっとも注目される古代遺跡の一つとなっている。今後の一般公開スケジュールは不明。

もっと近くに冥界への入り口があると考えていたのだから。そう考えるのにはもっともな理由がある。イタリア南部のアウェルヌス湖はクーマエのフレグレイ平野の火山系のそばに位置しているからだ。地面にいくつもの噴火口が開いて煙が立ち昇るこの「燃え盛る平野」は、確かに冥界が地表に迫っているという印象を与える。有毒ガスがこの湖から放出されている可能性もある。湖は実際には火山の噴火口で、近づきすぎた鳥に毒を浴びせていた。この地域ではもともとギリシア語が話されており、ローマ人は「アウェルヌス」（Avernus）という語は〝a-ornis〟（鳥がいない《ア・オルニス》）から来ていると考えていた。〝a〟は「〜がない」というギリシア語の接頭辞、そして〝ornis〟は「鳥」の意味なのである。

現地住民の話では、湖の上を飛ぶ鳥は湖から立ち昇る蒸気によって死んで水中に落ちるという。プルトネイオンの場合と同じように[12]。

湖を生んだのと同じ火山活動によって、近くにトンネル網もできていた。*そうしたトンネルの一つは長さが一キロメートル近くに及んでおり、適切な儀式を行って適切な案内人に導かれた

＊うち、もっとも有名なものの一つは「コッケイウスのトンネル」という名で現在も存在している。元々は紀元前一世紀に軍事利用のために掘り込まれた。第二次世界大戦で弾薬庫として使われ大きな被害を被り、長らく非公開であったが、二〇一八年に修復が終わった。しかし、絶滅危惧種のコウモリが発見され、対応が検討されている最中のようである。公式ページより　http://www.pafleg.it/it/4388/localit/71/grotta-di-coccio

ならトンネルをさらに奥まで進んで冥界まで行ける、と信じられていた。
この場所は生者と死者の世界の境界であるため、クーマエの巫女（大昔からローマ人がその知恵を熱心に求めた女予言者）の力の源だったのだろう。ローマの詩人ウェルギリウス（前七〇～一九）によれば、トロイアの英雄アイネアスが巫女の指示によって危険な死霊術の中でも最も危険な行動で冥界に下りて父親と話したのはこの場所だという。その行動とは「冥界下り《カタバシス》」、文字どおりの意味は「下方への旅」で、死者の領域で彼らと話すため冥界へ行くことである。

冥界訪問

クーマエの巫女がアイネアスに説明したように、冥界へ行くのは簡単である。

暗き冥界への入り口は開け放たれている、
昼も、夜も。
けれども戻ってきて
昼間のかぐわしき空気を吸うことは
たいそう難しい[13]。

死者と話す方法の中で、これは最もお勧めできない。そもそも、どの入り口を通る場合でも、冥界へ下りていって再びこの世に戻ることを希望するなら、この世の者ならぬ案内人の助けを借りなければならない。たとえ洞窟の有毒ガスの影響を避けられたとしても、死者の国への本当の入り口は生きた人間には見えないよう隠されているかもしれない。アウェルヌス湖の洞窟に入った熱心な探検家たちは、巫女が冥界へ行くのに用いたルートをたどることはできなかった。ヘラクレスや非凡な吟遊詩人オルペウスが使った別の門は、ギリシア南部タイナロンのマタパン岬に位置する洞窟にあった。パウサニアスはこれらの洞窟を訪れて入り口を調べたものの、どれだけ冥界を探しても見つからず、残念な結果に終わった。

岬には洞窟のような神殿があり、正

冥界に下りる準備をするアイネアスと案内人を描いたギュスターヴ・ドレの版画。

愛する妻エウリュディケーを再びハデスに連れ去られるオルペウス。

面にはポセイドンの彫像が立っている。ヘラクレスはここからケルベロスを冥界から引っ張り上げた、とギリシアの詩人たちは言う。だが洞窟から冥界に通じる道はなく、神々がこの地面の下に棲んでいるというのも信じがたい[14]。

ギリシア人やローマ人は、冥界まで行って生きてこの世に戻ってこられた人間をごく少数しか知らない。ミノタウロス退治で知られるテセウスすら、ヘラクレスに助けられてようやく帰ってこられたのだ（テセウスの同行者は生きて帰れなかった）。往復の旅に成功したのはすべてギリシアの神の子孫である半神半人だったので、よほどうぬぼれた死霊術師でなければ、この方法を用いようとはしなかった。

幽霊

死者と話すにはもっと簡単な方法がある、と気づいた人もいるだろう――心霊スポットへ行って幽霊と話すことだ。結局のところ、幽霊は、いわばあらかじめこの世に召喚されているのだから。あと必要なのは、場所、時間、そして図太い神経だ。しかし、幽霊と話しても満足な結果が得られることはまずない。

これは、ハリケーンで沈みつつあるヨットの

冥界への旅路の途中、殺されたばかりのアキレウスの霊魂はギリシア勢の船を跳び越える。

船長と携帯電話で話すようなものだ。通信状態はあまりよくないし、相手はあなたが何を話したいかほとんどわからず、そもそも関心も持っていない。むしろ、せっかく誰かと連絡がついた今、相手のほうからどうしても伝えたいことがある。

この仮定のヨットの船長と幽霊との違いは、幽霊はあなたと同じ部屋にいること、そして強い怨念を抱いていることだ。幽霊との遭遇で命を取り留めた者なら、この方法を推奨はしないだろう。

プリニウスからリキニウス・スラへの手紙

ローマの作家そして総督の小プリニウス（後六一～一一三）は幽霊に関して中立的な立場だった（一方、後世では懐疑的な劇作家ジョージ・バーナード・ショーが「嘘つきの存在を信じるのは幽霊の存在を信じるよりも簡単である」と述べることになる）。プリニウスはクルティウス・ルフスという人物の例を挙げている。クルティウスは名もないアフリカ人だったが、幽霊に出会った。幽霊は訊かれもしないのにクルティウスの未来の概略を教え、おまえはいずれローマへ行って偉業を成し遂げ、州総督としてアフリカに戻ってそこで死ぬ、と告げた。物事はまさに予言どおりに進んだが、プリニウス自身は、クルティウスが幽霊の言葉を信じたことで自ら運命を切り開いたのだと思っていたようだ。軽い病気にかかったクルティウスは、「過去の経験から未来の真実を悟って」死を覚悟したという。

プリニウスは、自分自身のこと以外には関心を持たない、もっと典型的な幽霊との遭遇についても記している。真夜中に鎖の音をカチャカチャ鳴らして人を怯えさせるやつれ果てた老人という、まさによくある幽霊だった。老人は頻繁に精力的に人を怖がらせたため、彼の棲み着いた家は完全に無人になってしまった。これまでのところは、ありふれた幽霊話だ。普通でないのは、この話の主人公と、次に起こったことである。

哲学者アテノドロスは真夜中の訪問者に出会う。

プリニウスの話の主人公は恐怖に目をむいたヒステリー人間ではなく、堅実な哲学者で歴史家のアテノドロス・カナニテスだった。プリニウスよりも一世代前に生きたアテノドロスは、ストア哲学の天文学者で地理学者のポセイドニオスの弟子で、彼自身はのちにローマ皇帝となるオクタウィアヌスの家庭教師だった。彼にまつわる話の大多数は事実だと証明されている。話はアテノドロスがアテナイに来て住む場所を探すところから始まる。彼は、掘り出し価格よりさらに安く売るか貸すという空き家の広告を見つけた。

家賃があまりに安かったため、彼はうさんくさく思った。だが、話を聞いたときはまったく怖がらなかった。それどころか、ますます熱心に家を借りたくなった。その夜、彼は家の前のほうの部屋に寝椅子を置かせ、ほかの者たちをベッドへ行かせた。そしてランプ、鉄筆、書字板を準備した。ばかげた妄想にとらわれることなく集中したかったからだ。そうして幽霊や食屍鬼や夜に奇怪な物音をたてるものから心を閉ざし、仕事に想像力を注ぎ込んだ。

夜の前半は静かに過ぎ、彼はいつものように仕事を進めた。すると、鉄のぶつかるカチャカチャという音が聞こえてきた。最初のうち、アテノドロスは耳をふさごうとした。何か別の音が聞こえているのだと自分に言い聞かせ、心を落ち着かせて、目を上げようともせず書き物を続けた。音はだんだん近づき、やがて扉に達し、ついに彼のいる部屋に入ってきた。

そこでアテノドロスは顔を上げて幽霊を見た。ほかの者たちが言っていたとおりの姿だ。

幽霊は目の前に立ち、指を曲げて彼を呼んでいる。アテノドロスは少し待つよう幽霊を手で制し、書字板に目を戻した。幽霊は近づいて、彼の頭上で鎖を鳴らした。それを聞いてアテノドロスが上を向くと、幽霊がまた自分を呼んでいたので、立ち上がってランプを持ち、幽霊についていった。

幽霊は自分の持つ鎖の重みに屈したかのようにゆっくり動いた。角を曲がって家の中庭に入ったとたん、幽霊は唐突に姿を消した。一人残されたアテノドロスは、幽霊が消えた場所に印をつけるため、そこに草や木の葉を積んだ。

翌朝、彼は役所に連絡を取り、印をつけた場所を掘り起こすよう助言した。すると、骸骨が埋まっていた。それは男性で、かなり長らく地中にいたらしく、骨はかつて彼の体を縛っていた鎖から外れて腐っていた。

骨は掘り出されて公費で埋葬された。ふさわしい葬儀をしてもらって永眠した幽霊は、その後二度と家に現れなかった[15]。

はるか昔の遠く離れた場所での話だとしても、これは死者との交信の事例としてかなり信憑性があると考えられる。プリニウス自身は心から幽霊を信じているわけではなく、アテノドロスは実験の条件を可能な限り中立にしようと努めたほどの科学者である。

アテノドロスがアテナイに来る前からこの幽霊話は知られていたので、彼の作り話であるはずはない。庭を掘るよう連絡を受けた市の役人が死体の存在や状態に関して嘘をつくメリットはないだろう。ただし死霊術師の視点から見ると、この遭遇では幽霊自身に関する情報しか得られなかったという問題がある。少なくともこの話が、あの世の存在をかなりの確度で裏づけているのは間違いない。といっても、真剣に死霊術を志す者なら、そもそもそれを疑ってはいないだろうが。

第二章　魔術師

古代では誰が魔術を使ったのか？　古代の魔術を使うには特別な訓練が必要だったのか、それとも魔女や魔術師は生まれつきなのか？　最初の質問への答えは「すべての人」である。そして二番目の質問のどちらの部分への答えも「違うけれど、役には立つ」だ。

ほとんどの現代人は、何も考えることなく古代の魔術を使ったことがある。悪いことが起こるかもしれないという話をするとき、何かに「悪運をもたらした」かもしれないと心配して手近な木製品を指の関節ですばやく叩きながら「タッチ・ウッド」〔幸運を逃がさないためのおまじない英語圏での〕と言うことがよくある。このちょっとした儀式は間違いなくキリスト教より古く、おそらくは森の神パーンを呼び出して、話し手がうっかり唱えてしまった悪い呪文を解いてくれと願う祈りに端を発しているのだろう。泉に硬貨を投げ入れたり（水の神をなだめるため）、ウェディングケーキに一緒に入刀したり（幸運を祈って）するのと同じように、木に触れるのは古代の魔術の一形態なのだ。

古代世界では、こうした「日常的な魔術」はあらゆるところに見られた。人々は当たり前のように、害悪から身を守るため魔術のお守りを利用した。生まれてから成人するまで、ローマ人の

ブッラをつけたローマ人少年の大理石胸像。

子供はブッラ（「護符」）と呼ばれるお守り入れを首にかけていた。ブッラには子供の家族が集めることのできた護身のおまじないや魔法をかけたものが入っていた。こんな習慣があったのも当然だろう。ワクチンも抗生物質もない時代、幼児期は人生で最も危険な時期だった。子供が生き延びるために、得られる助けは何でも必要だった——魔術であろうとなかろうと。

大人になると、ギリシア人やローマ人は日常的に占星術師などの占い師に相談して日々の決定について助言を求めた。特に人生を変えてしまうようなジレンマに直面したときは、高名な託宣者や巫女に相談するため熱心に遠くまで通った（202～213頁参照）。

魔術的な根拠で避けられたり逆になされたりする行為もたくさんあった。猫が道を横切ったら迷信深い人は歩き続けようとしなかったし、ワインを飲む前は神々の恩寵を得るための献酒として杯から一部を地面に撒くのが普通だった。

だからある意味、ギリシア人やローマ人は誰もが魔術師だった。自分の理解できない力を利用して、それ以外の方法では得られない結果を得ようとしたのである。そこで疑問が生じる。真剣な魔術を行ったのは誰か？（愛する子供を生かしておくためにブッラを使うのは「真剣」でない、という意味ではないが）

魔術とは、たいていの人間の活動と同じである。天賦の才能に恵まれた人もいれば、まったく望みのない人もいるが、訓練や練習によって誰でも能力を伸ばすことはできる。実際、熱心に学んで教科書にきちんと従ったなら、生まれつき魔術の能力がなくとも魔術に関する職業につくことはできる。古代世界で尊敬される魔女の多くは、地元の植物の葉、根、実から見出される自

神々に贈り物を捧げるのに用いる聖なる杯、フィアレに献酒が注がれている。

然の生薬を幅広く理解することで名を揚げた。そうした知識は一人の魔女から別の魔女へと伝えられた。地元の当局からはうさんくさく思われながらも、それ以外の一般の人々からは畏敬の念を持って見られた。古代の魔術師の多くは、現代の街角の薬剤師と同程度の魔術の才能で生計を立てていたのである。

もちろん魔術師は「呪文」を覚えなければならないが、古代人にとってそういう呪文が「超常現象」だというのは、たとえばリウマチを治すため柳の樹皮で薬を調合するのが「超常現象」であるのと同じようなものだった。柳の樹皮は抗炎症性のサリシンというβ－グルコシドを含んでいる。これを合成して作ったものが現代では「アスピリン」として市販されている。これは実効性のある「呪文」で、理論的には誰でもそのような魔術を行うことができた。だが適切な材料を手に入れて適切な方法で行わないと、そういう「呪文」は完全に失敗するか、予測できない結果、もしかするとさらに悲惨な結果をもたらすという不都合な傾向がある。

真剣な魔術を失敗すると深刻な結果を生じることがある。「トゥルス・ホスティリウス王［ローマの第三代の王、前六四二年没］は儀式を行うにあたって形式に正確に従わなかったため、雷に打たれて死んだ。「言葉の力は重大な運命やこれから起こることの結果を変えると証明されている[1]」。また、魔術を行うことで魔術的な存在の注意を引く危険があり、そういう存在は必ずしも慈悲深いとは限らない。そのため、一般大衆が自ら魔術を行うことは可能でも、真剣な魔術は真剣な配管工事や歯の治療と同じく専門家に任せるのがいちばんいいのである。

剣と魔術

「実用的な魔術」の好例は、剣の刃を作るとき鍛冶屋が唱える呪文である。その呪文は効いたが、魔術師が想像した効き方ではなかった。

呪文は、刃を鍛えて形作る前に火の中で赤く熱するときに唱えられた。古代人は知らなかったが、この最後の加熱によって、燃える炭の炭素が刃の鉄に混ぜ込まれて鋼ができたのである。刃の吸収する炭素が多すぎたら、鋼はもろくなる。少なすぎたら、刃は柔らかいままで簡単に曲がってしまう（剣にとっては不都合な事態）。

そのため、鉄は適切な時間だけ熱する必要がある。そして時計のない世界では、正確に時間を測るのは難しい。だが、呪文を唱える間鉄を火にかけていれば、刃がちょうどいい量の炭素を吸収して、良質の剣ができ、鍛冶屋の評判が上がる可能性が高かったのだ。

仕事中のローマの鍛冶屋を描いたフリーズ［彫刻のある帯状の小壁］

魔女には何ができたか？

これまで見てきたように、古代世界ではほぼすべての人が魔術を使ったが、その中には得意な人とそうでない人がいた。魔術の技術に試験はなく、魔女の肩書を得るための儀式もなかった。人は生まれつきの性質や適性によって魔術師になった。その後、この分野で成功を収めた者はさらに上を目指し、世間に認められた魔術師に師事してもっと多くを学ぼうとしただろう。魔術を行うには綿密に準備して珍しい材料を集めなければならないため、ほとんどの魔女は面倒な仕事をする気のある弟子に自らの経験を喜んで伝えた。オウィディウスは『祭暦』で、老女が熱心な若い娘たちに囲まれて呪縛呪文を行うところを描写している。

魔女への相談。ポンペイにあるキケロの邸宅から見つかったこのモザイク画は、古代ギリシアの劇の一場面を示している。

おそらくは犠牲者への悪意からではなく、聴衆にやり方を実演するために、その魔術を行ったのだろう[2]。

現代の料理にたとえるといいかもしれない。たいていの人間は、人生のどこかの時点で料理に挑戦する。卵もうまく茹でられない人もいるが、才能を伸ばす人もいる。大部分の人はお決まりの料理ばかり作り、特別な場合にいくつかのレシピを用いる程度だろう。だが一部の人々は、さらに探求を続けてレシピ本を集め、同好の士と秘訣やテクニックを教え合う。ハンバーガーのトラックやファストフードの屋台で働く巡回コックになる人もいれば、最高級レストランの厨房を求めて遠くまで旅して最高のシェフのもとで働き、最終的には独立して名を成そうとする人もいる。シェフと同じく、魔女も資格でなく評判や結果で判断される。そしてシェフと同じく、幅広い技術を身につける人もいれば、一つの分野に特化する人もいる。では、どういう分野があるのか？

薬草学

薬草は魔術において重要な役割を演じている。どの薬草にどんな効果があり、どうやって収穫するべきかを知ることが、あらゆる魔女の教育にとって最も重要な部分である。次に示す、収穫された材料の力を増幅する呪文は、「日常的な」魔術と「超常現象」（現代的な用法）が古代のこうした力の利用において切り離せないほど絡み合っていることを示している。また、ギリシア人やローマ人の考えでは、一般的に異国の魔術のほうがより効果的だということを示してもいる。「ギリシアとローマの」魔術はエトルリア人、アッシリア人、エジプト人、スキタイ人、ユダヤ人の魔術をふんだんに取り入れている——同じ呪文の中でそれらを組み合わせて用いる場合もある。だからギリシア神話の祖神「クロノス」とともにエジプトの主神アモンも登場する。呪文がギリシア人やローマ人に特有のものであっても、ときには外国風に偽装される。それは現代のレシピの一部と同じで、たとえばチキンコルマ（カレー）のように、発祥だとされる国では知られていないケースもある。ここで紹介する呪文は、本書に挙げた多くの呪文と同じく、エジプトで発見されたギリシアの呪文集『ギリシア語魔術パピルス』（コラム参照）から引いている。かつてはこういう呪文集が多数存在したが、権力者はそれらを是認しなかった。アウグストゥス皇帝一人だけでも、破壊を命じた魔術の巻き物は二〇〇〇を超えている。

エジプト人は常に次のような方法で薬草を採取する。薬草医はまず体を清める。次に薬草の周りを三度回りながらナトロン［重炭酸ソーダ］を振りかけ、松脂で燻蒸する。そのあとキフィ［エジプト香］を焼き、神に捧げる乳を注ぐ。薬草を抜きながら、その植物を象徴に持つ神の名を唱え、それを使うことでもっと効果が上がるよう神に祈る。

次に呪文を記す。

「クロノスに種を植えつけられ、ヘラに孕まれ、アモン［アムン］に育てられ、イシスから生まれたあなた方は、雨の神ゼウスに水を撒かれ、太陽と露に養われた。神々の露、ヘルメスの心臓、太陽と月が見た原初の神々の種、汝らはオシリスの力、ウラノスの美と栄光なり。汝らは喜びとともにあらゆる場所にいるオシリスの魂を体現する。汝らはアモンの霊なり。

汝らがオシリスを高めたように、汝ら自身も高めたまえ。太陽が毎日昇るように、汝らも昇りたまえ。汝らは昼間の太陽のようであり、汝らの根は地中にあり、汝らの力はヘルメスの心臓から生じ、線維はムネヴィス［ヘリオポリスの聖なる雄牛］の骨なり。汝らの花はホルスの目、種はパーンの種。この樹脂［煙］に汝らを浸すことで、我は自らの存在

『ギリシア語魔術パピルス』

近代の西洋人が古代エジプトの遺物に関心を持つようになったとき、野心的なエジプト人は墓やその他の古代遺跡を引っかき回して売れるものを探した。エジプトの乾燥した気候のおかげでパピルスは腐ることなく保存されており、収集家たちは巻き物や紙の断片を小規模な蔵書として徐々に蓄積していった。そうした蔵書の一つは、大部分が前100～後400年の間の呪文、まじない、薬の製法で構成されている。このような呪文のほとんどはプロの魔術師が成分や製法を忘れないために書いた覚書である。そのため、呪文が不可解で不完全なことも多い。中には、悪い人間の手に落ちても悪用されないよう、意図的に魔術のブービートラップが仕掛けられているものもある。現代でこうした呪文を使おうと考えている人は、古代の魔術師なら彼らを「悪い人間」と見なすだろうということを肝に銘じておくべきである。

を称えるように神々を称える。祈りによって清められ、アテナとアレス［すなわち知恵と強さ］のごとく我々に力を与えたまえ。我はヘルメスと同じであり、幸運の女神を我がそばに置いて得る、善き日の善き時、汝らが万物に万能であれ」

この祈りのあと、収穫された薬草はきれいな亜麻の布にくるまれる。根が掘り出された場所には、七粒の小麦の種と七粒の大麦の種が、どちらも蜂蜜と混ぜられて注がれる。[3]

魔女はさまざまな目的で薬草を使った。

13世紀の魔術の薬（メディキーナ・マギカ）の写本で、ヘルメスは神聖なキバナノギョウジャニンニクの小枝を持って救助に駆けつける。

医学的用法

ギリシア人とローマ人にとっては、（有害な毒も含めて）薬は魔術の延長線上にあった。「強力な薬草も、祈りも、魔術の呪文も、汝を母親にはしてくれない」詩人オウィディウスは『祭暦』である女性に語った[4]。魔術のまじないを唱えて調合した薬草によって病気が治った場合、その効果が魔術によるものか、薬草によるものか、あるいは双方の組み合わせによるものか、誰にわかるだろう？　薬も呪文も、効くこともあれば効かないこともあり、逆効果になることすらあった。どちらがどのように機能したのかは誰にも証明できない。だとしたら、薬と呪文はどう違うのか？　現代の懐疑論者の視点からすれば、薬草は今でも、古代の魔術の中で最も効果的なものである。なぜなら、効果は（多くの場合）何度も再現でき、その製法はどれほど魔術に縁がない者でも有効に利用できるからだ。

医師が薬を調合しているところを描いた、ディオスコリデスによる『薬物誌』の写本。多くの稀有な古代の写本と同じく、これもイラクで、アラビア語で書かれたフォリオ本〔二つ折り判の本〕の形で保存されていた。

ノウサギの薬効

ナポリ湾に駐留中ポンペイを埋没させたヴェスヴィオス火山の噴火の影響で死んだ著作家の大プリニウス（後23～79）は、薬と魔術の密接な関係を次のように明確に示している。「[精液の活力を増すために] 魔術師が男性に薦めるのは、ノウサギの胎児の血である。一方若い娘には、乳房の硬さを永続させるためノウサギの糞を9粒処方する」[5]

惚れ薬

恋わずらいの顧客から相談を受けた魔女は、恋の魔力を持つ薬を煎じたり薬草を利用したりする。これらに効力はあるが、効いたのは使用者が効くと信じたからだろう。自信は効果絶大な媚薬だ。薬がその自信を生むのなら、確かに薬に効果はあったと言える。また、今薬が効いていると告げれば、言われたほうは抑制を脱ぎ捨てて、可能ならやってみたい行動を実際に起こせるようになる。惚れ薬については第三章でさらに詳細に見ていくことにしよう。

薬を信じる力、つまり「プラセボ効果」として知られるものを実証するため、ある対照実験が行われた。一つの大学生の集団は、実際にはアルコールが含まれていないが、アルコールが少し含まれていると言われた飲み物を飲んだ。別の集団は、実際に少量のアルコールが含まれた飲み物を与えられたが、研究者はそのことを知らせなかった。最初の集団がほろ酔いの兆候を示したのに対して、二番目の集団は完全にしらふのままだった[7]。

毒

調合した毒にプラセボ効果はない。毒は間違いなく効果を発揮する。十分な量を作るには時間、努力、プライバシーを要するが、専門家ならリンゴ、アプリコット、サクランボといった一見無害な果物をきわめて有害なものに変えることができる（こうした果物はアミグダリンという成分を含んでおり、人間の消化器官内で青酸に変化する）。ある魔女は、そうした能力を「有効に」活用して名を揚げた（69～73頁参照）。

魔術の誘引物質と抑止物質

魔術的な存在を誘引できる植物や追い払える植物がある。現代でも、ニンニクと吸血鬼の関係はよく知られている。適切な薬草を戸口の柱に塗りつけたり家の敷居に置いたりすることによって、ラミア（原初の吸血鬼）やさまよえる霊といったものを家まで呼んだり阻止したりできる。魔術の呪文の中には、人の霊に魔術の任務を果たしてもら

一風変わった薬草のレシピ

この魔術のレシピは、現在まで残っている多くの呪文の典型である。それは初心者への指示というよりは現役の魔術師の備忘録として書かれたものだ。そのため、それを煎じてどうするのか、あるいは「制御」された影がどう働くかについては、さらなる発見を待たねばならない。

自分の影を制御して役立てるためには、挽いた小麦、熟した桑の実、生の胡麻、そして生のスリオン（＊）を用意する。それらをすりつぶしてビートの根に混ぜ込む[6]。

（＊）おそらくは無花果の葉。

うため、その人の墓に花束を置くことを推奨するものがある。理由は単に、死人は花が好きだからである（現代の墓地を訪れてみればよくわかる）。

まじない、その他の呪文

呪文とは、正しく行えば特定の結果を生み出す文言である。それが料理のレシピと違うのは、コックはめったに神や神霊を呼び出さないこと（少なくとも公には）、そして魔術の材料は一般的にもっと珍奇なものだということだけだ。

まじないは話される――というより詠唱される。「まじない」を意味する"incantation"はラテン語で「歌う」を意味するカンターレから来ているのだ。長いまじないは、多くの場合同じフレーズを何度も繰り返しており、ちょっとした催眠作用がある。とりわけ、相手が既に雰囲気にのまれていて、幻覚を催す薬草や眠りを誘う物質が使われている場合には。とはいえ、まじな

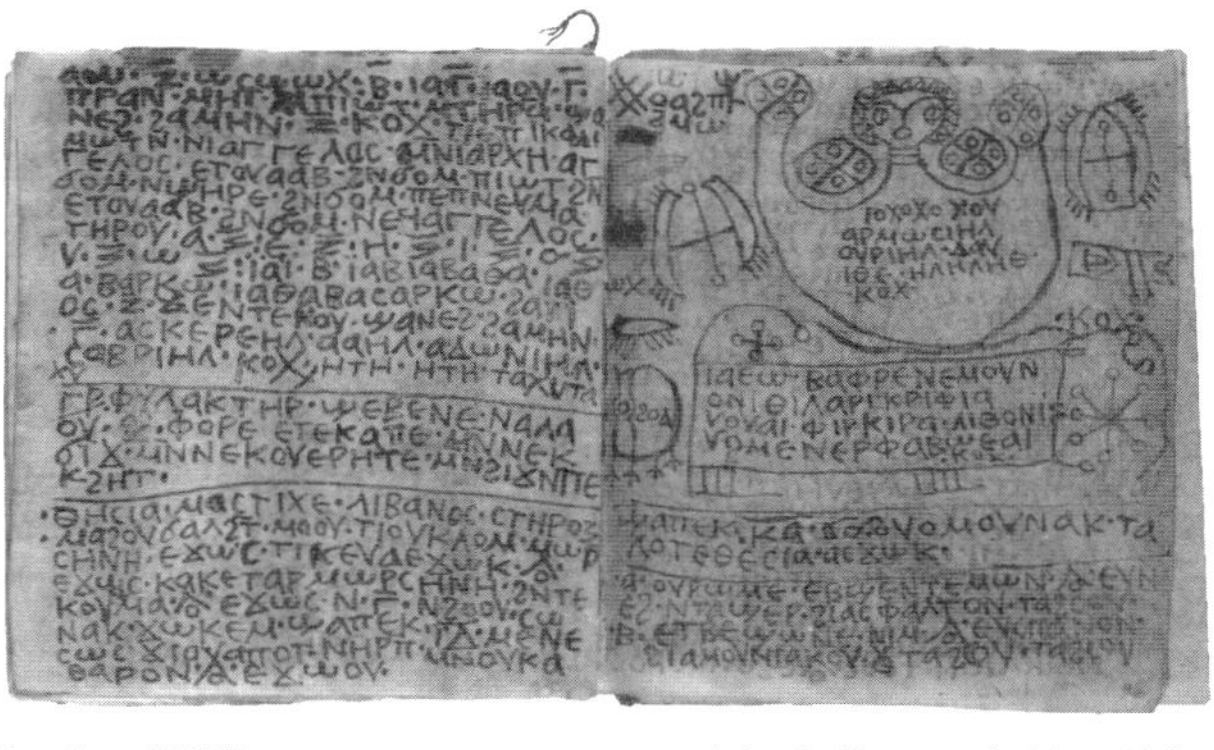

『儀式の力の手引書　Handbook of Ritual Power』と呼ばれるエジプトの呪文の本。豊穣の呪文や神霊の憑依に立ち向かう呪文など、27の呪文が載っている。

簡単なまじない

まじないの力を試すには、神モルペウスを召喚するこの呪文を試してみるといい。適切な薬（挽いたカカオ豆を温かな牛乳に入れたもの）を摂取したあと、小声で「白い羊が１匹、黒い羊が２匹、白い羊が３匹、黒い羊が４匹……」と唱えよう。やがて眠りの神モルペウスがやってきて願いを叶えてくれる。

いが効くかどうかは見方の問題である。まじないは魔術的な存在を召喚したり、薬の効果を高めたり、呪文を作り出すためにダンスや定められた身ぶりといった動きとともに用いられたりする。次の章で数多くの例を紹介する。

呪文について重要なのは、一字一句たりとも間違わないことだ。まじないを唱えていて息継ぎのタイミングがずれただけでも、魔術を妨害したり、予想外の副作用を生んだりすることがある。ローマ人はそれを知っていたため、宗教行事では、ほんの些細な間違いがあっても儀式全体を最初からやり直さねばならなかった。薬草の場合と同じく、魔女になろうとする者は、魔術の教本に載っている呪文をすべて覚えない限り、魔術に通じているとは言えなかった。史上最強の魔女メデイア（81～87頁参照）すら十代のほとんどを学習に費やした。

「過激な」魔術

古代の魔女は、川の水を逆流させたり、月を引き下ろしたり、森を歩かせたり、穀物をある畑から隣の畑に動かしたりしたという。本当に優秀な悪い魔女は、嵐、洪水、ハリケーンといった異常気象を起こすこともできた。

これらはすべて、魔術師による宣伝とも、魔術が使えない者による過剰な思い込みとも考えられる。伝記作家で哲学者のプルタルコス（後四六～一二〇頃）がアグラオニケという魔女のことを皮肉めかして述べているように、「月を引き下ろす」のに最もふさわしいのは、魔術師が星座表を慎重に検討した結果、月がしばらく姿を消すことが予想できた時である。月食で月が夜空からゆっくり消えていくのを見て唖然とした農夫なら、誰かが不埒な目的のために月を盗んだと考えるかもしれない。

同様に、たまに川が実際に逆流するときもある。たいていは、浸食による沈殿物が蓄積して自然のダムができたり雪崩が水の流れを堰き止めたりした結果である。そうした地理的事象を魔術の成果だと吹聴するのは難しくない。そんなふうになんらかの方法で天気を操って雨を降らせることができる人間の話はごまんとある。かつて、旱魃に悩まされていた都市がなんとか雨を降らせてほしいと思い、貯水池が満水になったときだけ報酬を支払うという条件で、天気を操る専門家を雇った。すると豪雨が発生して何十人もが死んだ。この雨乞い師に報酬を支払ったら、市当局のせいで災害が起きたと思われてしまう。それを恐れた市当局は約束した報酬の支払いを拒んだという。雨乞いは単なる古代の迷信ではない。ここでの「雨乞い師」とはチャールズ・ハットフィールドという人物、都市は二〇世紀初頭のカリフォルニア州サンディエゴだった。

魔女は生まれつき？　それとも育ち？

もちろん、大変な苦労と努力だけで魔女の能力の多くを習得することは可能だ。けれども魔術の儀式を執り行いたいなら、ある程度魔術の才能を持って生まれたほうが役に立つのも事実である。きわめて高名な(あるいは悪名高い)神話上の魔女たちは、せいぜい部分的にしか人間でなかった。たとえばキルケーだが、人を豚に変える趣味があったこの女性は、実のところ神の娘だった――その神が太陽の神ヘリオスだと言う人もいれば、魔術の女神ヘカテーだと言う人もいる。どちらにしても親が神である以上、キルケーが熟練した魔術の使い手であることも、彼女の子供たちも魔術の才に恵まれていたことも、驚くには当たらない。

魔術を上手に使える遺伝的な要素があるという事実に、平凡な人間なら落胆するかもしれない。しかし、それはむしろ朗報である。古代の神で最も一般的なのは、ゼウス、アテナ、ヘルメスといった神々を含むオリュンポス神族だ。オリュンポス神族と人間とは異種の交わりが完全に可能だった。その証拠に、ゼウスには実に多くの人間の恋人がいた。彼は宇宙の中でも非常に数少ない、自らが自分自身の大叔父であるという不名誉な評判のある存在なのだ。アキレウス、ヘラクレス、テセウスといったギリシアやローマ神話の英雄のほとんどが、実のところ神の血を引いており、神と人間との混血である。アキレウスの場合は、母が人間ならぬネレイス（海の精）であることから、人間はニュムペーとも交配できるという証拠になっている。

このボイオーティア〔ギリシアの一地方〕の鍋には、オデュッセウスと向き合うキルケーがコミカルに描かれている。

英雄時代〔古代ギリシアのトロイア滅亡前の時代〕から三〇〇〇年ほどが経過していることを考えると、おそらく人類のほとんどには、オリュンポス神族やニュムペーといった魔術的な存在の血がほんの少量であっても流れているだろう（もちろん、先祖と古代ギリシアとの関係が深ければ、それだけ血は濃いと考えられる）。実際、チンギス・ハーン（後一一六二〜一二二七）の子孫が繁殖している期間はギリシアの神々の子孫よりもはるかに短いが、それでも二〇〇三年にY染色体の系統を調べた研究によれば、現在一六〇〇万人以上の男性がこのモンゴルの帝王から受け継いだ遺伝子を持っているという[8]。ヘラクレス一人だけでも子供は一〇〇人以上おり、その子供も多くの子供を持った。だから、あなたの家系図の上のほう——一〇〇世代ほど前——にメデイアがいる可能性も十分大きいのだ。

　したがって、魔術を行う能力が代々受け継がれており、誰もが神々の遠い子孫だという可能性があるのなら、遺伝的性質のせいで呪文が成功しないのではと心配しなくてもいい。一方、たとえ呪文が失敗しても落ち込む必要はない。それは、つまるところ自分は単なる人間だったという意味にすぎないのである。

古代と神話の魔術師トップ5

ここで紹介する魔術師は二種類に分けられる。きちんと記録が残っていて間違いなく実在した（その能力は長年の間に誇張されてきたかもしれないが）古代ローマ時代の三人と、歴史時代の二人である。後者の二人のほうが強力であるのは当然かもしれない。ギリシア人やローマ人は、自分たちが暮らしているのは世界の最後の時代であり、魔術の力は世界がもっと若かったときより衰えていると考えていたからだ。

第五位　空飛ぶ魔術師、シモン・マグス（後一二～六五頃）

この物議を醸す人物について知られていることの多くは、混沌として相矛盾している。そのため、ここで紹介するのはシモン・マグスの人生の「決定版」でなく、「ある」人生――我々の知る矛盾した証拠に基づいて最も確からしく思われるバージョンである。現代人がシモン・マグスについて知っていることの大部分は、かつて聖書の一部と考えられていたが後世に厳密な神学上の調査の結果、除外された文書、『聖書外典《アポクリファ》』に由来している。

シモンがローマ帝国初期にユダヤのレヴァント地方で生まれたこと、『使徒言行録』によれば彼は「魔術を使ってサマリアの人々を驚かせ」た魔術師であることは、すべての歴史的資料で一致している。シモンがキリスト教に近づいたのは、霊的信仰ゆえにではなく、病人を治す、異言を語るといった、使徒たちに与えられた能力をうらやんだからだ。そのためシモンは聖ペトロに接触し、大金を支払う代わりに自分にも同じ能力を与えてくれと頼んだ。聖ペトロはこの申し出をよく思わず、彼に言った。「この金は、おまえと一緒に滅びてしまうがよい。神の賜物を金で手に入れられると思っているからだ[9]」

聖ペトロやキリスト教徒たちに拒絶されたシモンはローマに向かった。当時ローマを統治していたのは皇帝クラウディウスだった。ローマは世界の中心であったため、筋金入りのエゴイストのシモンにとって、自分の魔力を披露するのにこれ以上ふさわしい場所はなかった。ローマに着いたシモンはヘレネーという女性と親しくなった。彼女はその名の由来であるトロイアのヘレネーと同じく、必要に応じて適切な薬を作ることができた。シモンは教義を説く中で、このヘレネーはトロイアのヘレネーその人であり、前世はさらに崇高でさらに偉大な女神で、嫉妬した天使たちにより地上に監禁されて何世代もの間貶め続けられてきた、そしてシモン自身も彼女を助けに来た聖なる存在である、と主張した。

シモンはその聖なる力の名のもとで数多くの魔術を行ったが、現在では具体的な内容はわかっていない。非常に素晴らしい魔術だったらしく、「シモン崇拝者」の宗派は古代の間じゅう存続していた。後二世紀の歴史家ユスティノスによれば、シモン信者はティベリーナ島にシモンの像を建てたという。ただしこれは、今はすたれたサビニ人の神セモ・サンクスの像が献呈し直されたのだと思われる（名前が似ているため、碑銘を書き直すのは比較的容易だった）。

シモンの宗派はすぐさま、同様にローマに来ていたキリスト教福音伝道者たちの教義と対立するようになった。聖ペトロとシモンは何度も神学の議論で衝突した。『アポクリファ』によると、

４匹の神霊を動力とするシモン・マグスの戦車が落下しそうになっているところを描いた、ルネサンス期の銅版画。

シモンは当時クラウディウスの跡を継いでいた皇帝ネロに訴えて議論を政権中枢にまで持ち込もうとした。彼は魔力を用いて、魔術の馬車で公共広場フォルム・ロマヌム（フォロ・ロマーノ）の上空高くへと飛び上がった（古代の資料で述べられた非常に数少ない空中浮揚の一例）。空飛ぶ戦車の下方で、聖ペトロと当時同じくローマに来ていた聖パウロは、シモンが文字どおり転落することを熱心に祈った。シッカのアルノビウス（後二五〇頃〜三三〇）はその場面をこのように述べている。

彼らは、ペトロの祈りによってシモン・マグスの戦車が爆発して炎に包まれてばらばらになり、キリストの名を唱えられると完全に消滅するのを見た。私が思うに、彼らはシモンが自らの邪神に見捨てられるのを見て戦慄しただろう。彼が地面に横たわり、落下したとき両脚は自らの重みによって折れたのを、彼らは目の当たりにした[10]。

使徒二人が協力して唱えた祈りは、空高く飛ぶ魔術師を地表の非常に低いところまで引き下ろした結果、シモンは墜落死した。この聖なる祈りの力はきわめて強かったため、使徒たちがひざまずく敷石には膝の跡が残った。ローマを訪れた人は、フォロ・ロマーノの横のサンタ・フランチェスカ・ロマーナ広場にある教会を訪れるといい。敷石は今でも展示されており、訪問者は使徒の膝が作ったくぼみを自分の目で確かめることができる。

シモン・マグスのその後についてだが、ローマのヒッポリュトスは、この魔術師は落下により重傷を負ったものの死にはしなかった、と述べている[11]。このバージョンによると、シモンは自分の信者に、前もって用意していた墓に自分を埋めるよう命じ、三日後に完全に元気になって生き返ると宣言した。三日は四日、そして五日になったが、いくら楽天的なシモンも地下に横たわったままだった。最終的に、失望した信者たちは眠れる魔術師をそのまま眠らせておくことにした。

第四位　きわめて危険な薬師、ロクスタ（後五〜六九頃）

後五四年、シモンがローマで活動していたのとほぼ同じ頃、皇帝クラウディウスの妃である小アグリッピナには悩みがあった。息子ネロはクラウディウスの正式な世継ぎだったが、皇帝にはもう一人、ブリタンニクスという息子がいた。ブリタンニクスも有力な皇帝後継者候補であり、そのためアグリッピナの権力に対する脅威だった。歴史家タキトゥス（後一二〇年没）は問題とその解決策を述べている。

アグリッピナはかなり前から、夫を殺すことを決めていた。決まらないのは、どんな種類の毒を使うかということだけだ。即効性のある毒を使えば、突然過ぎて殺人だと露見するだろう。一方、ゆっくり死に至る毒を用いたなら、クラウディウスは裏切りを疑い、そのために彼の「もう一人の」息子のほうに愛を向けるかもしれない。

必要なのは、被害者の精神を錯乱させるとともに、ゆっくりと死をもたらす、稀有なファルマコン［薬＝毒］だ。幸い、アグリッピナはそういうことに詳しい専門家を選び出すことができた。それがロクスタである[12]。

タキトゥスは、ロクスタは既に「独裁の道具」であったと述べ、この毒師は以前にも呼ばれて政敵を秘密裏に排除したことがあると示唆している。しかし、女殺し屋として帝国の仕事をしていないとき、ロクスタは雇われ毒師として働いており、政府がかばってくれない場合には殺人容疑をかけられることもあった。ロクスタに仕事を依頼しようとしたとき、アグリッピナはまず彼女を釈放させなければならなかった。ロクスタは別の被害者を殺すことに成功したものの、方法がまずかったため検挙されていたのである。

一般的にはロクスタはキノコに毒を仕込んでクラウディウスを殺したとされているが、この熟練した毒師はそこまで面倒なことをする必要がなかった。二種類の、見かけはそっくりのカヤタケ属のキノコを選んだだけだ。一方は食用に適していて、おいしい。もう一方も同じくらいおいしいが、致死性の神経毒ムスカリンを含んでいる。ロクスタは毒見係を手なずけて裏切り者に仕立て上げ、この二種類のキノコを用いた料理が皇帝の食卓に出されるよう手配した。

隣で夫が同じような料理を平らげている間にアグリッピナが自分のキノコを食べるには、ある程度の覚悟が必要だった。だが結局『サイエンティフィック・アメリカン』誌が二〇〇一年に大

「おわかりでしょう、激しい痛みは肝臓へと移っていきます……」ロクスタは新しい薬の効き目をネロの前で実演してみせる。

胆に宣言したように、「一件落着。クラウディウス、キノコ中毒死」したのである。クラウディウスの示した症状は、アグリッピナが要求したとおりのムスカリン中毒の兆候を示していた。とはいえ多くの人間は、クラウディウスは「望ましくない妻《ウナ・ウクソール・ニーミス》」のせいで死んだと考えている。

まんまとクラウディウスを始末したアグリッピナは、感謝の意としてロクスタに対する告訴をすべて取り下げさせ、広大な田舎屋敷を買い与えた。新たに皇帝となったネロはその屋敷に毒の技術を学ぶ生徒を送り込み、この名人のもとで技法を学ばせた。大事な用件があるたびにロクスタはローマまで呼び戻され、ひそかに毒を作らされた。そういう用件の一つはブリタンニクスの排除だった。ブリタンニクスは世継ぎを争った相手であり、今やネロの支配にとっての脅威である。伝記作家スエトニウス（後七〇～一四〇頃）は語る。

彼［ネロ］は最高の毒師ロクスタに薬を作るよう命じた。それが望んだほどすばやく効果を発揮しなかったので、彼はロクスタを呼び、ブリタンニクスの腹を浄化するのでなく毒を盛ってほしいのだと言いながら、彼女を殴った（前回の薬はブリタンニクスの腸を健康的に空にしていたのだ）。（後略）

ネロはロクスタに、彼の部屋のまさに彼の目の前で、彼女の持つ中で最も即効性のある毒を調合させた。彼はそれを子山羊に飲ませたが、子山羊は五時間生き続けた。薬が再び蒸留・精製されて豚に与えられると、豚は即座に死んだ。そこでネロは、この調合薬を晩餐室へ運ぶよう命じた[13]。

ブリタンニクスの毒見係の目をかいくぐるのは難問だった。父の死後、ブリタンニクスは食事について不信感を抱き、警戒を募らせていたのだ。しかし、不器用そうな給仕が十分冷やしていない水のグラスをブリタンニクスに渡したとき、皇子は不用意にも別のグラスを所望し……。

ネロは皇子の突然の死を癲癇の発作によるものとしてすませようとした。ところが火葬場へ行く途中で豪雨が死体を水浸しにし、たっぷり塗られた化粧が洗い流されてしまった。その結果、唖然とした大衆の目に斑点だらけでチアノーゼを起こした皮膚が見え、ロクスタの仕業だと露見してしまった。

ロクスタはその後も邪悪な仕事を続けたが、庇護者ネロと同じく彼女に残された日々も少なかった。ネロは失脚し、万一の場合に備えてロクスタが宝石箱に入れて与えていた薬を服用するのが怖かったため、短剣で自殺した。ロクスタ自身も新たな政権によって処刑された（ただし、特別に訓練されたキリンによるレイプで処刑が執行されたというのは現代の悪趣味な作り話で、古代の資料にそのような記述は皆無である）。

ロクスタには傑出した魔術師に挙げられる資格がない、なぜなら彼女の「力」は我々なら単に「化学」と呼ぶものにすぎないからだ、と論じる向きもあるだろう。だが、それは見当違いの指摘である。古代人にとって、薬はまさに魔術そのものだった。媚薬や避妊薬や飲み薬（毒物も治療薬も）は、魔術の教科書にも医学の教科書にも同じくらい頻出しているのだ（そもそも古代世界は両者を明確に区別していなかった）。

第三位　運勢占い《フォーチュン》で身代《フォーチュン》を築いた男、トラシュロス（？～後三六頃）

トラシュロスの出自は誰も知らない。エジプト人なのは間違いないが、それ以外の素性は不明である。もちろん、それは意図的に隠蔽されているのだ。トラシュロスは熟練した占星術師だった。個人の星占いを行うには誕生したときの星の並び方という情報が必須であるため、誕生の地も、ましてや誕生日もわからないなら、複雑な手順の占いを行うことはできない。他人の未来を占って名を揚げた男は、自分が占われることを嫌っていたらしい。

トラシュロスは単なる占い師ではなく、学者であり上流階級の人間であった。ギリシア語の文法について学識のある話をしたり、その時代の文学を専門的に批評したりすることができた。彼はどういうわけか、のちにローマ皇帝となるティベリウスという男性が皇帝アウグストゥスの娘である妻と不仲になって自ら進んでロドス島で隠棲することを知っていた。それで、まずティベリウスに会いに行った。

トラシュロスはティベリウスの随行団に入ってストア哲学に関する見識ある議論を行ったが、ティベリウスがトラシュロスに関心を持った主な要因は、自分たち二人の前には明るい未来があるとトラシュロスが確信していたことだった。ティベリウスは今は皇帝アウグストゥスや数多くの後継者候補に人気がないとしても、必ずや次の皇帝になる、とトラシュロスは断言した。

有力者との親交には大きな見返りが期待できるが、同時に非常に現実的な危険もある。この両方のバランスを取るには技術とタイミングが必要であり、トラシュロスはその予言能力によって危険を避けて先回りすることができた。一例を示そう。

ティベリウスが占星術師トラシュロスの力を確信したのは、まさにこのときであった。（中略）［それはこういうわけだった。］二人は崖の上を散歩しており、ティベリウスはトラシュロスを海に突き落とそうと決意していた。彼にとって事態はうまく進んでおらず、偽の予言者だと判明した者に多くを打ち明けたことを後悔していたのだ。

そのときトラシュロスは現れた船を指差し、船はいい知らせを運んでいると告げていたのである[14]。

予言どおり、船には使者が乗っており、ティベリウスは再び皇帝の支持が得られてローマに戻るよう呼ばれていることを知らせた。ほどなく本当に皇帝になったティベリウスは感謝して、ト

「黄金の翼を持って最初に生まれた偉大な神（後略）」原初の神エロス・ファネースは、宇宙を象徴する 12 宮図に囲まれた世界の卵から現れる。

ラシュロスを宮廷占星術師に取り立てた。やがてトラシュロスは、小アジアのコンマゲネ王国の王女と結婚した。皇帝の星占いをしていないときは学究に励み、プラトンなどの哲学者の研究の分析を行った。

トラシュロスは死ぬ前に、ティベリウスにはこれからも長い人生があると請け合った。そのためティベリウスは、自らに対するいかなる陰謀からも生き延びられると確信した。どんな皇帝とも同じく、ティベリウスも自分の指名した後継者が性急な野心を持つのではないかと深く疑っていたが、この予言があったため後継者を危険視することはなかった。ティベリウスの後継者ガイウス・カリグラ（トラシュロスの娘が情事を持った相手と言われている）はこの予言で命を救われたと言えるだろう。

トラシュロスの息子ティベリウス・クラウディウス・バルビルスも宮廷占星術師として活躍したが、クラウディウス、ネロ、ウェスパシアヌスという多様な皇帝に仕えながらも、巧みに立ち回り、宮廷政治に巻き込まれることなく過ごした。トラブルを予見して避けることができたのかもしれない。

第二位　愛国的な豚を作ったキルケー（遠い過去～？？）

ここで、英語圏における magic と sorcery〔いずれも魔術・魔法の意味〕の区別をはっきりさせておかねばならない。古代人にとって、magic とは使い手自身も完全には理解していない自然の力を操ることである。中世の著述家（そして魔術師）パラケルスス（一四九三〜一五四一）が言うように、「魔術（magic）には自然の秘密があふれている」。パラケルススは実際、自然をよく理解すればするほど巧みに魔術を操れるようになる、と論じている。

だから、magicとは基本的には、（不完全にしか理解されない）自然の力を操ることだ。それに対してsorceryとは、本質的に不可知のものである。この世のものでない力や存在を相手にする。魔術を行う者は、唱えられた呪文がどのように、なぜ機能するかを理解することはできない。ただ機械的に必要なことを行い、最善の結果を期待するだけである。パラケルススの考え方をデジタル時代に当てはめるなら、魔術師は魔術の世界の「スクリプトキディ」、自分が理解できず自ら作りもしていない既存のプログラムを悪用する者なのだ。

［魔術（sorcery）の］術の基礎をもっと綿密に調べたなら、それが霊たちのいたずらであることがわかるだろう。（中略）たとえ人が魔術を完璧に習得したとしても、それにどのような確固たる利点があるのか？[15]

キルケーは魔術の女神であるのみならず、熟練した使い手でもあった。魔術には遺伝的要素が欠かせないと考える人なら、キルケーが神話上最も神秘的な家系の出身であることに注目するだろう。シケリアのディオドロス（前九〇〜三〇頃）のような後世の著述家は、キルケーの母は魔女の女神ヘカテーに違いないと考えている（121～123頁参照）[16]。しかしながら、それより五百年前のヘシオドスのような情報源のほうが、おそらくもっと正確だろう。それによれば、キルケーはヘリオス（太陽）と、オケアノス（海）の娘ペルセイスの間に生まれた娘だという。

キルケーのきょうだいはアイエテス王（82～83頁参照）と、クレタ島のミノス王と結婚したパシパエである。パシパエも高い能力を持つ魔術師で、王である夫に貞節を守らせるようにした。妻に魔術をかけられたミノス王は、別の女性と寝たときは必ず蠍や蜘蛛や百足の混ざったものを射精し、愛人はことごとく死んだという（その後パシパエが雄牛に魅了されてミノタウロスを産んだのは少々自分勝手ではないかと思うが、それはまた別の話である）。

キルケー自身ははるか西、イタリアとスペインの間のどこかにある島に住んでいた。隠者として暮らし、たまたま島を訪れた船乗りを勝手気ままにもてあそんだ。キルケーと人間との出会いで最もよく知られているのは、放浪中のオデュッセウスが彼女の住むアイアイエー島に来たときのことである。島は鬱蒼とした森に覆われており、オデュッセウスと仲間の冒険者たちはくじを引いて、島の中央の空き地から立ち昇る煙を誰が調べに行くかを決めた。オデュッセウスは「髪を三つ編みにして、人間と話すことができ、不思議な能力を持つ」魔女との出会いをこう述べている。

［彼女の家の］外にはキルケーが薬で魔術をかけたライオンや狼がいた。（中略）私の部下た

ちは、これら巨大な動物を見て仰天した。それでも彼らは先へと進んだ。編んだ髪をしたキルケーの美しい声が中から聞こえていたからだ。

キルケーは男たちを家に招き入れて食べ物とワインを与えた。そのどちらにも、彼らに故郷のことを忘れさせる危険な薬が混ぜられていた。

すると彼女は突然杖で男たちを叩き、彼らは豚になった——出っ張った鼻、ごわごわした毛。だが彼らの精神は、依然として人間だった。小屋に入れられた男たちは泣き、キルケーは彼らに食べさせるためドングリを地面に投げた。

一人だけ家の外に残っていた疑い深い船乗りが、急いでオデュッセウスに知らせた。オデュッセウスが助けに駆けつけると、神ヘルメス（119〜120頁参照）が現れて有益な助言を与えた。

彼女の魔術について教えてやろう。彼女はそなたに飲み物を作るであろう。中に薬が入っていなければ、体に良い飲み物だ。しかし今から渡すこの解毒剤を飲めば、彼女がそなたに魔術をかけることはできぬ。

こうしてキルケーの魔術が効かなくなったオデュッセウスは、この魔術師を魅了してベッドに誘い入れ、二人は長きにわたる関係を結んだ。やがてオデュッセウスは故郷イタケにいる忠実な妻ペネロペイアのもとへ戻りたくなり、キルケーとの関係は終わった。とはいえ、オデュッセウスは最後にはキルケーのところに戻ったという話もある。後一世紀末の神話学者プトレマイオス・ヘファイスティオンは、この興味深い別の話について述べている。

あるエトルリアの薬師はキルケーのもとで働いていたが、のちに逃げ出した。「海の塔」と呼ばれるキルケーの塔に、「老いて死期の近い」オデュッセウスがやってきた。キルケーが与えた薬はオデュッセウスを馬に変え、キルケーは彼を老齢で死ぬまでそばに置いた。こうしてホメロスの予言は実現したのである――「そなたは海で、死の中でも最も穏やかな死を迎えるであろう[17]」

この前6世紀の黒絵式の酒杯では、オデュッセウスは左から入ってキルケーに会い、副官エウリュロコスは右手から出ていく。

オデュッセウスとの出会いは、キルケーの長く歴史に名高い生涯における一つのエピソードにすぎない。キルケーは海の支配者ポセイドンとの間に一子をもうけており、人間オデュッセウスの子も三人産んでいる。といっても、オデュッセウス自身も完全な人間ではなく、彼を助けてくれたヘルメスの子孫だ。父方と母方双方が神の血を引いていることから考えると、キルケーの子孫は現代まで繁栄し続けているかもしれない。

第一位　最終的に九人以上を殺した魔女、メディア（前一三〇〇～一二一〇頃）

究極の魔力のコンテストで優勝するのに必要なのは、薬作りや呪文から神話上の人物神霊《ダイモーン》のコントロールに至る魔術の全分野に精通していることである。それに加えて、人間心理を操ることに長けており、どれだけ過激であっても魔術の措置をやり通すという冷徹で断固たる決意を持っていなければならない。

メディアはこの条件に完璧に当てはまるため、古代の魔術師ナンバーワンの地位を与えられる。ただし彼女の性格には長所よりも短所が多く、どの町に来ても急いで去らねばならない羽目に陥っていた。彼女には、近くにいる幸運な人々の人生をめちゃくちゃにするというとんでもない能力があった（「幸運」とは、人生が完全に終わらされるのではなく単に台なしにされるだけですむ、という意味）。魔女でなかったとしたら、メディアは倫理観をすっかり失った殺人犯にすぎなかっただろう。これほどまでに強烈な魔術の能力を持つメデイアは、歯痛で暴れる虎以上に危険な存在だった。

ここから、彼女の化学や薬学の熟達した技能、ドラゴンを支配する神霊使いの術、相手への共感能力が皆無だからこそ可能な巧みな心理的操作を見ていくことにする。不思議なことに、キルケーがおばであるにもかかわらず、メデイアは魔術の呪文はまったく用いなかったらしい。

メデイアは古代ギリシア世界の中でもあまり目立たない地域の端、黒海の東岸にある小さな王国コルキスで生まれた。メデイアの父アイエテスは、王国の最も貴重な宝物、歌や伝説で知られる金羊毛を盗みに訪れた者を独断で殺すのが常だった。メデイアは魔術を学んで十代を過ごし、生まれついた素質のおかげですぐさま術を習得した（女神ヘカテーの巫女になったという話もある）。

イアソンという若き英雄が金羊毛を探して現れたとき、アイエテス王はこの若者の血筋と家族の人脈に感心したため、すぐに殺しはしなかった。その代わり、王が直接手を下したことにはならないが、即座に（しかし楽しめる）死をもたらすであろう任務をイアソンに託した。それは非常に危険な任務だった。この英雄が最高レベルの魔術によって守られていなかったら、任務は死を招いただろう。彼の身を守ったのはもちろんメデイアだった。彼女は、このハンサムな若き冒険者が自分にふさわしい伴侶であるだけでなく、自分が抜け出せずにいるこの片田舎から連れ出してくれる人間だと思ったのだ。

メデイアは切り刻んだ雄羊を鍋で生き返らせる。これを見てペリアス王の娘たちはメデイアを信じ、自分の父に同じ魔術を行うが、失敗に終わる。

そのため、火を吐く雄牛の引く鋤を使って畑にドラゴンの歯を蒔くようイアソンが求められたとき、メデイアは火から身を守る塗り薬で彼を助けた。蒔かれたドラゴンの歯から畑一面に恐ろしい戦士の群れが生まれると、メデイアは群れの中に魔術のかかっていない岩を投げ込んだ。戦士たちは誰が岩を投げたかわからずに互いを責め、同士討ちをして全員が死んだ。そのあとメデイアはイアソンに睡眠薬を渡し、金羊毛を守っているドラゴンを眠らせた。

当然ながら、アイエテス王は金羊毛を奪われて激怒し、コルキスを脱出したメデイアとイアソンを徹底的に追跡した。いつものように常に用意のいいメデイアは、弟を連れてきていた。彼女は弟を殺して体を切断し、逃走しながら死体のかけらをそこここに捨てていった。父は、息子にちゃんとした葬式を挙げてやれるよう断片を集めるため、追跡の速度を落とさざるをえなかった。

クレタ島で、二人は青銅でできた無敵の男タロスといさかいを起こした。傷つけられない者は癒えることもできないのだと気づいたメデイアは、薬でタロスを狂わせ、彼の体から鉄の爪を引き抜いた。そのあとはタロスがゆっくり血を失って死ぬのを待つだけだった。そして二人は逃げ出した。

二人がイアソンの故郷テッサリアに行くと、イアソンの年老いた父は死の床にあった。メデイアは老人の体から血を抜いてそれを癒しの薬草と混ぜ、彼に若さと健康を取り戻させた。王の娘たちは、自分たちの健康だが年老いた父にも同じ治療を行うことを要求した。これはきわめて愚かなことだった。王はイアソンが金羊毛を持って帰ってきたら自らは退位してイアソンに王位を譲ると約束していたにもかかわらず、その約束を取り消したところだったのだ。

娘たちはメデイアの指示に細部まで従い、父の体をサイコロ大に切り刻んで鍋に入れて父の再生を待ったが、それは実現しなかった。その間にイアソンとメデイアは、さらなる殺人の罪を負って町から逃げていった。

二人はコリントスに行き着いてそこで一〇年間過ごしたが、「いつまでも幸せに暮らしました」とはならなかった。メデイアはこの一〇年の間に娘を二人産んだ（神話の別のバージョンでは、夫婦には一四人の子供ができたことになっている——たった一〇年で一四人とは、まさに超人的である）。その後、びくびくして暮らすのに疲れたのか、イアソンはメデイアを捨ててもっと無害な女、コリントスの王女グラウケと結婚すると告げた。

メデイアはその知らせを歓迎して、イアソンをおおいに驚かせた。自分の後釜となる花嫁のために、美しいウェディングドレスを作りさえした。現代の実験から、ドレスにナトリウムとリンの混合物を染み込ませることは実際に可能だと証明されている。白亜の粉は混合物の揮発性を抑えるが、その服を着た人の体温で熱せられると発火する。さらに派手に燃え上がらせるためには、ドレスの縫い目にマグネシウムを染み込ませておくといい。

リンから生じた火を消すのは非常に難しく、娘を包んだ炎を消そうと試みたせいで王自身も焼死した。ショックで呆然としたイアソンが家に帰ると、娘たちが折り重なって倒れていた。メデイアが殺したのだ。劇作家や

このドイツの木版画では、メデイアはヘカテーの力を使ってイアソンの父の体から血を抜いている（治療のため）。

心理学者は今なお、メデイアが自分自身の子供たちを殺した動機を見出そうと努めている。彼女は死んだ子供たちをイアソンが発見するところを見るというサディスティックな喜びを得たあと町から逃げたらしい――今回は空飛ぶドラゴンが引く高級な戦車で。

やがてメデイアはアテナイに避難し、王の健康を回復させて結婚した。夫婦にはメドスという息子ができた（歴史家ヘロドトスはメドスを古代イランの民族、メディア人の祖先と呼んでいる）。そこにテセウスが現れる。メデイアは即座に、テセウスが長らく行方不明だった王の息子だと気づいた。自らの息子の相続権を守るため、彼女は毒を煎じてテセウスに飲ませようとした。ところが、テセウスがこれを飲み干そうとしたとき、王はテセウスが身につけている剣に気づいて息子だと悟り（王はその剣をテセウスの母に託していた）、テセウスの手から杯を叩き落とした。そのためメデイアは、またしても急いで町を出なければならなかった。

この頃には、彼女に避難場所を提供するほどクレイジーな人間はギリシアに一人もいなくなっていたので、メデイアはコルキスの父のもとに帰った。実のところ、アイエテスは彼女に会えて喜んだ。彼はクーデターによって退位させられていたからだ。これはまさに、メデイアが手っ取り早い殺人によって正すことのできる事態だった。コルキスに伝わる最後の話によれば、父と娘はこの辺境の地で仲よく暮らし、メデイアは不死の実験を続けたという。実験が成功したならどんな結果になっていたかと考えると、身震いを禁じえない。

メデイアはどうやって、こうした名士たちを魅了して味方につけたのか？　オウィディウスはある説を提示している。

メディアは、美しい容姿や優しい性格が自分を魅力的にしてくれるとは信じていない。彼女は呪文を知り、魔術をかけた鎌で恐ろしい植物を刈る。（中略）着衣は乱れ髪はぼさぼさのまま墓地をさまよい歩き、まだ熱い火葬の薪の中から決めた骨を選び出す。
呪文を用いて遠くから犠牲者を操り、蠟で魔術の人形《コロッシ》を作って尖った針をその肝に突き刺す。そのほか、彼女が行うことは知らないほうがいい。愛は美しさや魅力的な性格から生み出されるべきである。薬によってむりやり愛を得ようとするのは間違っている[18]。

次の章で見ていくのは、まさにそういった類の「愛」の魔術である。

第三章　愛と憎しみの魔術

惚れ薬、そいつならたっぷり持っている
それで燃え上がる人がいるかどうか知るために
俺たちはすごく小さな予言者を飼っている
無限の報いをもたらしてくれる予言者だ。
ギルバート・アンド・サリヴァン『魔術師』より

「愛は人類と同じくらい古くから存在している」と言う人は、当然ながら間違っている。愛は人類よりもっと古い。実際古代人は、ローマ人にはキューピッドとして知られる神エロスが、あらゆるものが創造された原初の空隙《カオス》から現れた最初の神々の一柱だと信じていた。エロスが象徴する生殖力がなかったなら、どうやってもっと多くの神々が生まれるというのだ？

愛の女神は海の泡（ギリシア語でアフロス（*aphros*））から生まれたアフロディーテである。彼女は神々の王ゼウスよりも前の世代の一員であり、ゼウス自身も最初の人間よりかなり前に生まれている。だから、愛の力を操ろうとする魔術師は、太古の力を扱っていることになる。

しかし、アフロディーテを（それに対応するローマ神話のヴィーナスも）生んだ泡は、ウラノスの体の去勢された男根、彼の息子クロノスが海に投げ込んだ部分から作られている。原初の神々によるこうした行動からすると、憎しみは愛と表裏一体で、両者は深く絡み合っている、と言えないだろうか？

愛を呼び起こす呪文の一部は、憎しみの呪文とほとんど違わないことがわかっている。呪文をかけられた者は、病気や死で苦しむのと同じように愛に苦しむのだ。多くの場合、呪文が生み出そうとするのは、愛でなく性的執着心である（古代ギリシア人やローマ人はこの二つの状態を区別できなかった）。この種の「愛」の呪文を「敵対的」と呼んで、愛情や親密さを生み出すための「愛好《フィリア》」の魔術が持つもっと穏やかな意図とは対照的だとする学者もいる。

ザル貝（生殖器の象徴で、この場合はウラノスの生殖器）の殻から生まれたアフロディーテを描いた、初期のアテナイの赤絵式花瓶。

以下、この両方のタイプの「愛」の呪文と、古代人が欲望を生み出すために用いたさまざまな手段とを、詳しく見ていくことにしよう。そして、憎しみの呪文――敵の人生を台なしにすることを目的とした呪詛――にも目を向けよう。

恐ろしく敵対的な魔術

　このエジプトで発見された前４世紀のギリシアの人形は、無残に縛られて、口、目、性器に13本の針を刺された女性を表している。信じがたいことに、これは「愛」の魔術の一部であり、「オリゲネスの娘プトレマイス」という女性を魔術で魅了するために作られている。魔術をかけた者は神霊に次のようなことを求めている。

　　髪やはらわたをつかんで彼女を引っ張れ、私と離れていられないようにさせろ（中略）私の命ある限り彼女を従わせ、抱き締め、私を愛させ、求めさせ、何を考えているか話させろ。[1]

媚薬

　まずは、より穏やかに魔術によって愛を強制する「フィリア」の呪文から始めよう。穏やかとはいえ、地獄への道は善意で舗装されているのだ。敵対的な魔術は普通、冥界にいる代理人（ヘカテー、ヘルメス、その他多くの神霊の誰か――116～126頁参照）に命じて、相手の心理に働きかけてもらう。フィリアの魔術はもっと危険である。それは直接相手に用いられ、事態が意図したとおりに進まなかったら悲惨な結果を生じる場合もあるのだから。力持ちのヘラクレスですら、強力な毒に浸したチュニックを着たせいで苦悶して死んだ。彼の妻は、彼が自分をもっと愛してくれるようになると誤って信じ、チュニックをヘラクレスに渡したのである。

　もちろん、そういった手法は神話だけの話ではない。古代の伝記作家で哲学者のプルタルコス（後四六～一二〇頃）は、妻が自分に毒を盛ろうとしていると考えた男性の例を記録している。非難された妻は必死で自己弁護した。

邪悪な女たちは私たちを妬んでいます。彼女たちの魔術の薬や呪文が恐ろしかったので、私はそれらに対抗しようとしました。私は愚かな女かもしれませんが、あなたが与えてくださるつもりよりも多くの愛を必死で求めたからこそこんな愛の薬［媚薬］や呪文を作ったのに、それが死に値するのですか？[2]

愛と死を分けるのは単に服用量の違いだけであることが多いため、この事例での夫は自分たち夫婦の関係についてじっくり真剣に考えねばならなかっただろう。妻が本当に求めたのは、もっと愛情深い夫か、それとも死んだ夫か？

薬をより大量に服用して得られるのは、より大きな愛情でなく、より早い死かもしれなかった。薬を投与する者は、自分自身が熟練した薬剤師や魔女でない限り、薬を与えたり調合法を教えてくれたりした人物を信用するしかなかった。ある有名なアテナイの事件では、一人の女性が継子の恋人を説き伏せ、継子に大量の毒を服用させて殺した。恋人は、それが媚薬だと信じて進んで従った。検察官は陪審員にこう語った。

火葬用の薪の上で「炎に包まれた」ヘラクレスを描いた、1548年のドイツの彫版画。

けれどもフィロネオスの愛人は酒を注いだとき（中略）そこに毒薬を投入しました。そのときふと思いついて、フィロネオスにより多くの毒を与えました。多く飲ませたら、フィロネオスはもっと自分を愛してくれると思い込んでいたからです。罪を犯すまで、彼女は継母に騙されたと気づかなかったのです[3]。

こうした手法はフィルトロン（「惚れ薬」）として知られる愛の魔術の部類に属する。「フィリア」の薬が「敵対的」な祈願よりも危険になりうるのは間違いない。アゴニスティカ（「敵対的呪文」）で呼び出される神霊は実在するかどうかわからないし、呪文に従うかどうかもわからない。だが青酸カリは現実に存在しており、必ず作用するのだから。

媚薬の中には、あまり魔術的でないものもある。たとえば、ネストルの杯という古代ギリシアの酒杯にはアルコールが人を誘惑する力のことが書かれているが、これは信じることができる。「この杯から飲む者は誰もが即座に金髪の女神アフロディーテに心を奪われる」は、二七五〇年後の二〇世紀の皮肉めかしたアメリカの警句、「菓子《キャンディ》は粋《ダンディ》だが、酒《リカー》のほうが手っ取り早い《クイッカー》」に通じるものがある。

ローマの詩人ホラティウス（前六五～八）は、カニディアという魔女が作った非常に邪悪なフィルトロンについて述べている。彼女は一人の少年を首まで地中に埋め、食べ物と飲み物をその鼻先に置いて飢え死にさせた。そして無力にも渇望した骨髄と肝臓をその死体から取り出し媚薬としたのである[4]。

愛の食べ物

ギリシア人やローマ人は、野菜は媚薬成分を豊富に含んでいると信じていた。古代の考え方に合わせて、ここでは愛を喚起する植物と性的欲望を喚起する植物を区別しないでおこう。昔の娼婦の多くが喜んで指摘したように、片方を覚醒させれば、ちょっと技術を用いるだけでもう片方を呼び覚ますことができるのだから。

現代人なら媚薬を魔術と異なるカテゴリーに分類するかもしれないが、それは的外れだ。古代人にとって「魔術」と「呪文」は、食事でビタミンを摂取する、食後に歯を磨くといった現代の習慣と同じくらい、平凡で当たり前のことだった（現代人は鏡の前に立って毛で歯をこすらねばならないと信じている。定期的にそうしなかったら、友人を失い、歯が抜け落ちてしまうのだ）。

本章で紹介すべきことはたくさんあるので、ぐだぐだ言うのはやめて、最も信頼性の高い古代の媚薬を一つのメニューにまとめてみよう。この食事をすれば、奔放な情熱の一夜を過ごすか、あるいは胸焼けの一週間を過ごすことになるだろう。著者はいかなる肉体的・精神的・倫理的な結果についても責任を持たない。

このメニューを作るに当たって、マンドレイクの根のエキス（有毒アルカロイドを含む）といった危険なもの、過度に奇抜なもの（いくら必要でもカバの鼻が決して手に入らないことはわかっている）、とにかく気持ちの悪いもの（生まれたばかりの子馬にくっついている胎盤は大変重宝された）は除外した。

材料はビタミン、亜鉛、糖分を豊富に含んでいる。どれも活気や幸福感をもたらすもので、つい最近も、科学者たちは牡蠣に含まれる化学成分が性欲によく効くと論じた。

ローマの食事に関する言い伝えによれば、晩餐会を上品なものにしておきたいなら、男性にはルッコラと一緒にレタス（性欲を抑えることで知られる野菜）を供すべきだという（まったく新しい意味での「バランスの取れた食事」）。女性に対するリンゴは男性に対するルッコラと同じ効果があり、女性はリンゴを投げつけられるだけで興奮する。だからこそ古代ローマ人の夫婦は、

ワインリスト

メインディッシュに合わせる

新鮮なコエンドロ（コリアンダー）を少量加えた赤ワイン[5]

または

砕いたダイヤーズカモミールを加えた熟成赤ワイン[6]

デザートに合わせる

レズビアン・レーズンワイン。この初期のシェリーの一種のレシピがギリシアのレスボス島から伝わったのが、名前の由来。

まだ全体が熟してはおらず酸味のあるブドウを、しわが入るまで三、四日日光で乾燥させる。ブドウを搾り、陶器の瓶にワインを入れて日光の下に置く。[7]

（著述家ディオスコリデスは、このワインは「好色な女性に良い」と書いている。彼は「良い」の意味を明らかにしていないので、これについては運に任せるしかない）

メニュー

食前酒

サマーセイボリー（サトュレヤ・ホルテンシス）をベースに生牡蠣を入れてイラクサの種と胡椒を含むスパイシーなソースを混ぜたもの

（プリニウス、オウィディウス、ガレノス推奨）

メインディッシュ――主に男性用

豆、細かく刻んだ卵、木の実、蒸しニンジン入りのルッコラのサラダ

（医学者ガレノスは、ガスが男性器を膨張させるとの学説を立てているため豆を強く勧める。確信が持てない場合は豆を省略すること。ルッコラの効果をさらに高めたい場合はルッコラの種も加えるが、種がそのままの形で食べた人の体を通過しないよう割っておくこと）

デザート――主に女性用

サイコロ状に切った蒸しリンゴとアニスシードをまぶしたイチゴに、蜂蜜と砕いた松の種のソースを添えて。

（ディオスコリデス、オウィディウス、プリニウス推奨）

結婚式でのクピド。果物（リンゴまたはザクロ）、革紐、1人のクピドが弓の代わりに持つ松明に注目。

現代の夫婦が結婚式で米と紙吹雪を浴びせられるように、木の実とリンゴを浴びせられてうっとりするのだ。ローマ人は種子の繁殖力を示唆する白い小麦も一緒に浴びせることがあるので、それもここで紹介するメニューに採用している。

媚薬は人をその気にさせるのに有用だったが、魔術も男性の精力を増すのに使うことができた。古代ローマの作家ペトロニウス（後二〇頃〜六六）は、悪名高い作品『サテュリコン』の中で、勃起不全に悩んで魔女を訪ねた「患者」のことを書いている。その魔女はプリアポスに仕える巫女でもあった。プリアポスは、持続勃起症《プリアピズム》の名の由来となった豊穣の神である。

「あの者は役に立たないのです、相手が少女でも少年でも。持っているのは濡らした革紐で、男の道具ではない。なんの快楽も得ることなくキルケーのベッドを去ることができる男について、あなたはどう思う？」オイノテアはやれやれと首を振った。（中略）「あれを角のように硬くできなかったら、私に死を与えたまえ[8]」

ここでの「キルケー」は名の知れた妖婦であり、患者がそれでも勃起しないとなると、かなり症状は重かったらしい。ペトロニウスは、この悩める登場人物が求めた荒療治を紹介する。それは魔術と薬草治療が交ざったかなり複雑な方法で、香油とコショウとイラクサを革にこすりつけた座薬を使ったり、カラシナとショウガの絞り汁を股の付け根に塗ったりするものだ（実のところイラクサは、後世では「スペインバエ」――ただし「ハエ」といっても実は甲虫の一種――として知られる有名な催淫剤の主な材料であるため、ペトロニウスの話は現実の慣習に基づいていると思われる）。こういう治療法は効果があったらしいが、彼の恋人、魔女のような女オイノテアが期待に満ちてそれを彼に試そうとしたとき、彼は恐怖の悲鳴を上げながら裸で表通りを走って逃げた。

シマイタの魔術

ここで紹介するのは、テオクリトスという前三世紀のギリシアの作家が書いた、きわめて敵対的な「愛」の呪文である。この呪文は古代世界では広く用いられており、浅浮き彫り（フリーズ）、考古学的遺物、魔術のお守りなどにその構成要素が見られる。ギリシアのコス島出身の魔術師シマイタが恋人デルフィスの関心を取り戻そうとして利用したこの呪文は、真鍮の輪を回しながら唱えるものだった。呪文は、アリスイ（ユーラシアに棲息するキツツキ）を呼び出して動けなく

アリスイは誰かに不運《ジンクス》をもたらしに行けとの命令を待っている。

する。魔術をかけられたアリスイは、呪文が標的に当たるようにする。その結果、この鳥のギリシア語の名前イユンクスは、鳥自身よりもよく知られるようになった。「ジンクス」(jinx)の語源なのである。

我がために明るく輝きたまえ、うるわしき月よ。我が讃歌は汝、穏やかな女神に、そして女神へカテーの神霊に捧げるものなり。へカテーは墓のある場所、赤い血がこぼれた場所をさまよい歩き、子犬たちを怯えさせるのだ。私は汝を称える、へカテーよ、恐ろしい女神、恐れられる女神よ！　どうか私のそばにいて、この薬を、キルケーや、メデイアや、金髪のペリメデが作ったどんな薬とも同じくらい強力なものにしたまえ。

アリスイ、アリスイ、彼を私のもとへ引き寄せておくれ。

[最初は大麦の粉を火の中へ！（中略）どんどん粉を投げ

入れて、「私が投げるのはデルフィスの骨なり」と唱える。」

アリスイ、アリスイ、彼を私のもとへ引き寄せておくれ。

デルフィスが私を苦しめたように、私はこれら月桂樹の葉を燃やしてデルフィスを苦しめる。葉がはぜているのを見よ！　灰も残すことなく消えてしまった。そのように、デルフィスを別の種類の炎で焼き尽くしたまえ。

アリスイ、アリスイ、彼を私のもとへ引き寄せておくれ。

この蠟人形はヘカテーの前で溶ける、あっという間に、あなたは愛で溶けておくれ、ミンドゥスのデルフィス。この真鍮の輪がアフロディーテのおかげで回るように、あなたも、デルフィス、回って私のところへ戻っておくれ。

アリスイ、アリスイ、彼を私のもとへ引き寄せておくれ。

炎がこの糠を焼き尽くすとき、私は汝を呼ぶ、アルテミス！　割れない岩を死の戸口から動かした汝が、あらゆる不動のものを動かさんことを。

［さあ聞け、路上で叫ぶ神々の声を。確かに女神は交差路にいる。急いで鍋を打ち鳴らせ。］

アリスイ、アリスイ、彼を私のもとへ引き寄せておくれ。

見よ！　波は凪ぎ、風はないというのに、我が胸の激しい痛みは荒れ狂っている。私は今なお彼を思って燃えている、私を妻にせず、生娘のままにしておくこともなかった彼を。

アリスイ、アリスイ、彼を私のもとへ引き寄せておくれ。

私はこの献酒を三度注ぐ。女神よ、私はこの祈りを三度唱える。この瞬間、彼の恋人が女であろうと男であろうと、テセウスがかつて金髪のアリアドネを忘れたように、彼に恋人のことを忘れさせたまえ。

アリスイ、アリスイ、彼を私のもとへ引き寄せておくれ。

馬狂い、ヒッポブロマ・ロンギフローラ（アルカディアの薬草）、そなたはあらゆる子馬、あらゆる雌馬を狂ったように丘を走らせる。そのようにデルフィスも、格闘技場の酒場から引っ張られて狂ったように私のもとに現れんことを。

アリスイ、アリスイ、彼を私のもとへ引き寄せておくれ。

デルフィスのマントから取ったこの房飾りを今、切り裂いて、荒れ狂う炎に投げ込もう。

アリスイ、アリスイ、彼を私のもとへ引き寄せておくれ！

［そして炉から灰を取り、月光のもとでひそかに灰を彼の家のドアか窓枠にすり込み、それに唾を吐きかけながら、「デルフィス、私が塗ったのはあなたの骨だ」と言おう。］

アリスイ、アリスイ、彼を私のもとへ引き寄せておくれ[9]！

古代の「愛」の魔術の多くには、驚くほどの凶暴性がある。それが意図した以上に陰惨な結果に終わることがあるのも、当然かもしれない。狂気で知られる皇帝カリグラは妻カエソニアが薬を与えたせいで発狂した、と古代ローマ人は考えていた。彼女は惚れ薬のつもりで薬をのませたが、それが彼を狂気に追いやったのだ。詩人ユウェナリスはこの考えを詳しく述べている。

ある者は魔術の呪文を与え、別の者はテッサリアの惚れ薬を与える
これらを使えば女は夫の心を錯乱させることができる
（室内履きで夫の尻を叩けるほどに！）
そうしてあなたは理性を失い、昨日したこともすべて忘れてしまうのだ。
それくらいなら耐えられる、あの悪名高きネロの伯父［カリグラ］のように
狂乱するのを避けられるのであれば
カエソニアは彼の酒に、生まれたばかりの子馬の額から引きちぎった
皮を入れたのだ（後略）

クラウディウスを毒殺したアグリッピナのキノコのほうが、まだ罪がない
キノコはよだれを垂らす一人の老人の心臓を止めただけのこと
一方カリグラが飲んだ「愛の薬」は火と剣をもたらし
ローマの最良の男たちを死体の山にした[10]。

ある魔女の嘆き

荒れ地に隠れたどんな根にも薬草にも、私は目をくらまされない
なのに彼は、香のたきしめられたシーツのあいだで、どんな愛人からも自由になって夢を見ている
ああ！　どこかの賢い魔術師がその［反］魔術で彼を今なお自由に歩き回らせている
おおウァロスよ、あなたはいまだに悲惨な暮らしを送るよう運命づけられている
あなたを私のもとに戻らせる特別な霊薬を見つけよう
マルスの呪文であなたが別の人を愛さないようにする
私はもっと強い薬を作り、
もっと強いものを注いで嫌がるあなたを屈服させてみせる！[12]

愛の呪文や薬に反対する最終的な議論において、プルタルコスも似たようなことを言っている。彼は呪文に効果があることを否定しているのではなく、それらが究極の目的を果たしていないのだと論じる。

「水に毒を入れて魚を捕まえるのは手っ取り早くて簡単だ。しかしそうやって捕まえた魚は、たいていは食べられず、価値がない。同様に、女は愛の薬や呪文を使って快楽を与え、男を支配することができる。しかし結局は、ぼんやりして頭の働かない廃人とともに暮らす羽目になる[11]」

敵対的魔術——「神霊」を呼び出せ！

薬の調合にあまり興味のない人のためには、冥界の霊の力によって狙った「愛する人」の心と体に働きかけるというオプションが常に用意されている。

適切な呪文と儀式を用いれば、慎重に選んだ神霊が、呪文を唱えた者（媚薬を調合するのはたいてい女性なのに対して、「敵対的」呪文を唱えるのはたいてい男性）の戸口まで標的を連れてきてくれる。その気の毒な女性は、既に狂わんばかりに発情している。古代世界での「愛」は、たとえば母親が子供を守りたいと思う穏やかな愛のこともあれば、露骨で性的な愛のこともある。現代の人類学者は、古代世界には存在していなかったと論じる。それは中世に生まれた社会的構成概念である。ギリシア人やローマ人にとって、ロマンスとはもっぱら、部分Aを部分Bに挿入して人間Cを作ることだった。

愛とは、本来なら安定しているはずの人の心を神々が攻撃するという暴力的な行動である。愛する相手にも自分と同じ愛情を抱かせたいと願う人々が用いる魔術にも、その暴力が反映されている。今日でも、花や甘い食べ物でなく弓と矢を持つ神エロスの像に、その傾向を見ることができる。

ここに紹介する祈りの言葉は、部分的に融合した二体の小さな人形の入った土器に書かれていたもので、そういう「愛」の魔術を象徴している。

ドロテアの家に生まれしエウフェミアを、我、プレチアの息子テオンのもとに連れてきたまえ。

エロスは新たな犠牲者を射止めようと身構える。ローマ時代に複製された、前4世紀のギリシアの彫刻。

バイアエのラエウィナ

古代では、エロスは弓と矢に加えて鞭と火のついた松明を持っている。「恋愛中」の人々は、自分が松明によって欲望で燃え、鞭によって愛する人と一緒にいたいという気持ちに駆り立てられている、と考えていた。贅を尽くした遊興で知られる海辺のリゾート地バイアエのラエウィナが、まさにそのような経験をした。この像の暴力性は、ある程度までは、射手エロスが今なお常に行っている「ハートを射貫く」こととしてステレオタイプ化されている。

いにしえのサビニ人の女性にも匹敵する貞淑なラエウィナは（中略）バイアエの水を取ろうとして愛の炎の中に落ちた。
彼女はペネロペイア［貞節で知られるオデュッセウスの妻］として町へ来て、［トロイアの］ヘレネーとして町を去った[13]。

彼女に、欲情し熱望し発情して我を愛させたまえ。彼女を欲望で狂わせたまえ。彼女の四肢を、肝臓を、女体を燃え上がらせたまえ。我を無視するのをやめさせたまえ（中略）彼女が食べるのも、飲むのも、眠るのも、笑うのも禁じたまえ（中略）彼女が淫らな欲情に狂って我のもとに来て、我にすべてを与え、我があらゆる望みに従うまで。
我が召喚した聖なる御名と力によって、この願いを叶えたまえ、今すぐに！　早く、早く！

テオンがこの呪文を唱えるまで、エウフェミアは彼に関心を持っていなかったのだろう。それどころか、彼の存在すら知らなかった可能性がある。テオンはロマンスや誘惑を用いるのではなく、エウフェミアに断るという選択肢を与えない過激な近道を選び、「聖なる御名と力」（この場合は不穏な幽霊や早死にした者）を召喚して自分の思いどおりにさせようとした。エウフェミアは、長く抵抗すればするほど、苦痛に満ちた人生を送ることになる。テオンが採用した方法は、エウフェミアに対する「愛」といった好意的な感情を完全に欠いているように思われる。古代の低い道徳的規準からしても、「敵対的」な愛の呪文は過度に強制的で、魔術をかけられる相手への思いやりが欠けている。こうした呪文を「愛の魔術」と呼ぶのは間違っている。その性質や目的において、それらは魔術という手段によるレイプである。

エジプトから伝わったギリシアの呪文

蠟か粘土で人形を二体作る。一体は男性、一体は女性。男性は軍神アレスのごとく、剣を右側の女性の首に今にも突き立てようとする姿でなければならない。女性の人形は両腕を背中に回してひざまずかせること。(後略)

銅の針一三本を用意せよ。「そなたの考えを貫く［ここに相手の名前を入れる］」と言いながら一本を女性の人形の頭に突き刺す。両目に一本ずつ、両耳に一本ずつ、口にも一本刺す。腹に一本、両手に一本ずつ、生殖器に二本、そして両足の裏に一本ずつ。一本刺すごとに「彼女のこの部分を刺す、刺されるたびに彼女が私のことしか考えられないようにするために」と唱える。

次に鉛の書字板を取り出して次の呪文を記す。その銘板を糸で人形二体にくくりつけ、三六五個の結び目を作る。結びながら「アブラサクス、彼女をきつく抱き締めよ！」と唱える。そして日没時に、突然にあるいは暴力で死んだ人間の墓のそばに、季節の花の捧げものとともに人形を置く。呪文は次のとおり。

「恐怖と戦慄をもたらす名、神霊を怯えさせる名、川に堤防を決壊させ岩々を砕く名のもとに、汝を召喚する。我は願う、死の神よ、バルバリタ・ケンブラ・バロウカンブラによって、アブラット・アブラサクス・バルファランゲスによって、マリの栄光によって（中略）我を見捨てず、死の神よ、男でも女でも［なんらかの神霊を］送り込み、［ここに相手の名前を入れる］を求めてあらゆる場所、あらゆる家を探して、彼女を我のもとへよこしたまえ。彼女に食べ物や水を与えず、どんな男相手でも、たとえ相手が夫であっても、彼女が快楽を求めるのを阻止したまえ。毎時間、毎日、毎夜、彼女の髪を引っ張り、心や魂を引っ張って、彼女を我のもとへ来させ、我と一緒にならせ、我と離れられないようにしたまえ。生涯彼女を我に縛りつけ、彼女を我に仕えさせたまえ。我と離れては一瞬も心安らがないようにしたまえ。これを叶えてくださったら、死の神よ、あなたが戻って休むことを許しましょう[14]」

これは「愛」の呪文だが、呪詛とほぼ同じように作られている。呪文が鉛に刻まれているのは、金と同じく鉛は腐食しない（そして金よりはるかに安い）からだ。そのため、呪文はいつまでも鉛に刻まれたままとなり、効力は保たれる。暴力的な、あるいは突然の死を遂げた人間の墓が選ばれるのは、霊が安らかに眠っていないと想定されるからだ。だから幽霊がこの世に戻ってくる可能性は大きく、墓に残したメッセージを冥界の霊に届けてくれやすい。

呪いやこの種の愛の呪文のもう一つの特徴は、「敵対的（"agonistic"）呪文」に「苦悶（"agony"）」を注入する針の存在だ。ここでも、愛と呪いの違いはその意図だけだ。「愛」の呪文の意図は、相手を欲情や思慕で苦しめることである。呪いの呪文の意図は、相手を単純に苦しめることだ。針を刺す人形は蠟で作られることが多く、エロスの炎の中で「愛で溶ける」ので都合がいい。一

子供たちの埋葬場所に神霊を拘束する呪文の最初の文句

呪文を唱える対象として、早死にした子供がよく用いられる。神霊はいったん拘束されたなら、魔術師が望むどんな目的にも使うことができる（この呪文を書くべきか言うべきかは不明だが、曖昧であるのはおそらく意図的だ。古代の熟練した魔術師はアマチュアを嫌っており、神霊に関する呪文の用法を間違えることでアマチュアの数は確実に減ると考えられたのだろう）。

汝ら神霊を、地獄の運命という切れない鎖によって拘束する。我は強い必要に迫られて、ここに横たわる者たち、安らかに眠らぬ者たち、この地でいまだに忙しく動き回る者たち、あまりにも早い死を迎えた少年たちに願う。イアオ、バルバシアノ・チェルマリの不屈の力によって、今起き上がれ、ここに横たわる汝ら神霊どもよ！[15]

部の銘板からは、なんらかの理由で相手に「燃え」てほしいと願う人々は人形も使ったことがわかる。しかし藁は一〇〇〇年以上も持たず、そもそもそういう人形は燃やされてしまうので、それらが発見される可能性はきわめて低い。

魔術師や魔女といった魔術の使い手は、「月（あるいは月の女神セレネ）を引き下ろす」こともできた。それは文字どおりのこともあれば、比喩的に、用意した草の上に露を置くという意味のこともある。この液体からは効果的な惚れ薬が作られた。テッサリアの女性は意のままに月を引き下ろすことができたと言われるが、それには恐ろしい代償がつきものだった。月を一度引き下ろす代償は、片方の目、あるいは自分の子供一人の命だった。

活力あふれるサモサタのルキアノス（後一二〇～一九〇頃）による『嘘好き』によれば、前二世紀には、月を引き下ろすことと死霊術と魔術の人形が交ぜ合わされて良好な効果を発揮したという。ルキアノスは、グラウキアスという裕福な地主がクリューシスという娘にぞっこんになったことを述べている。グラウキアスは娘への欲望を満足させるため、約三六〇トロイオンス（およそ一一キログラム）の銀という高価な報酬でヒュペルボレイオス人の魔術師を雇った（ヒュペルボレイオス人ははるか昔に極北から来た、神話上の民族）。

そのあと何が起こったかを、目撃者がルキアノスに語っている。

「最初、彼［グラウキアス］は材料と生贄の動物の費用として四ムナー払わねばならなかった。また、娘に魔術をかけることに成功したらさらに一六ムナー払うとの約

月を引き下ろす。イタリアのオスティアにあるローマ時代の墓石に彫られた、戦車に乗って地上に降りるセレネの姿。

束もさせられた。その後彼らは月が満ちはじめるのを待った。こうした儀式にふさわしいからだ。

やがて真夜中になると、魔術師は家の中庭に穴を掘り、グラウキアスの最近死んだ父親を「死霊術によって」呼び出した。老人は息子の恋愛に不満だったが、結局は協力することに同意した。その後ヘカテーを召喚する儀式が行われ、ヘカテーはケルベロスを連れて現れた。魔術師が月を引き下ろすと、セレネはさまざまな形に変身した。最初は女性、次は雄牛、それから子犬に。

そのあと魔術師が粘土で愛の人形を作って『行け！　そしてクリューシスを連れて帰ってこい』と言うと、粘土の人形は空を飛んでいった。

間もなくドアがドンドンと叩かれ、そこ

ヘカテーは松明の先を突きつけて敵を遠ざける。

に彼女が立っていた。クリューシスは入ってくるなりグラウキアスに抱きついた。彼女は欲情ですっかり狂っていた。彼女は鶏が鳴いて夜明けを告げるまで彼とベッドに入っていた。やがてヘカテーは地中に消え、月は天空に戻り、ほかに呼び出した者たちもいなくなった。そうして我々はクリューシスを家に戻した。

友よ、あなたもそれを見ていたなら、決して魔術の効果を疑わなかっただろう！」

私は言った。「申し訳ないが、私には君のような鋭い洞察力がない。確かに、そのような驚異を目にしたならば、私もきっと信じただろう。しかし私はクリューシスという娘を知っている。多情なはねっかえりだ。グラウキアスが丁重に頼んだなら、二〇ドラクマと引き換えに彼女をものにできただろうに[16]」

憎しみの呪文――呪詛

冥界のヘカテーよ、冥界のアルテミスよ、冥界のヘルメスよ、ファナゴラとデメトリオスに、やつらの酒場に、やつらのあらゆる資産に、やつらの所有するものすべてに、憎しみを浴びせたまえ。

血と灰とあらゆる死者によって、私は我が敵デメトリオスを縛るものなり。デメトリオス、おまえに巻きついた呪縛は最高に強い。四年の周期が過ぎてもおまえは解放されず、私はキュントス（*kyntos*）でおまえの舌を釘づけにしてやる[17]。

現代人なら、これを呪いの広告とでも呼ぶかもしれない。若いアテナイの女性の墓を囲む壁に、ほか四つの呪詛とともに見つかったからである。どれも同じような鉛の板に、ほぼ同じような文言が書かれていた。呪う対象はすべて営業中の酒場であり、これら五つの酒場とは別の酒場の経営者が競争相手を（文字どおり）倒そうとして呪いを刻ませた可能性が非常に高い。

板に書かれた「四年の周期」は古代ギリシアでよく用いられた周期だ。近代オリンピックも、古代のオリンピックと同じく四年に一度開かれる。呪文の効力が四年で自然に弱まるのかもしれないし、パンアテナイア祭のように四年ごとに行われるイベントが、アテナイを清めて浄化する大規模な儀式の副作用として呪文を解除したのかもしれない。

こうした呪詛は美しく正確な古アテナイ方言で丁寧に書かれており、顧客の口述を聞いてプロの魔術師が書いたのだろうと学者は考えている。しかし、最後のほうで件の酒場の経

トレティアという女性をターゲットとした、「彼女の心、記憶、肺、肝臓を混ぜ合わせよ」という古代ローマの呪詛。

営者は感情に流されたらしく、呪詛は急に口語的になっている。キュントス（*kyntos*「犬の耳」）は最低最悪のサイコロの目のことなので「私はキュントスでおまえの舌を釘づけにしてやる」は文字どおりの訳では意味をなさない。この呪詛はデメトリオスの口がきけなくなることか、または彼の発言が不幸をもたらすことか（こちらのほうが可能性が高い）を意図したのだろう。だが「釘づけにする」に俗語的な意味はなく、文字どおりの行動を表している。呪詛が完成すると、書字板は二つ折りにされ、釘を打たれて封印されたのである。

呪詛の板にはそれぞれ独自の特徴があるものの、本書で紹介したものは非常に明瞭、かつ綿密に作られていて、古代の呪詛でかなり典型的な例だと考えていいだろう。（理由は言うまでもないが、多くの呪詛の板は明らかに強い感情にとらわれた人々によって作られている）。古代ギリシア・ローマ世界の各地で同様の板が発見されている。早死にした者の墓に置かれていたことが多いが、井戸や地下聖域、冥界への入り口（31～41頁参照）などにもあった。呪詛を送る者にとっては、刻んだメッセージが黄泉の住人に届くことが重要だったのである

黄泉の住人

ギリシア人やローマ人はたいてい専門家に呪文を唱えてもらった。理由の一つは、恐ろしくて危険な黄泉の住人を召喚すると呪いが自分に跳ね返ってくる場合があったからだ。当然ながら、呪詛で召喚される神々は、人に苦痛、狂気、陰惨な死をもたらすことができる。彼らを操ろうと

するのは、ニトログリセリンをもてあそぶようなものだ。ただし、ニトログリセリンのほうが比較的即座に苦しむことなく殺してくれる。

そのため、愛の呪文と呪詛の間には根本的な違いが存在する。希望に満ちた恋人たちは進んで自分の名前や血統を明らかにする（神霊が魔術をかけた相手をどこに送り込めばいいかわからないと困るので、住所を教えることもある）のに対して、呪詛の際にはそれに先立って呪いをかける者の正体を隠すための儀式が行われた（古代の神々は全知全能ではなかったため、その儀式には効果があった）。ほとんどの場合、呪いをかける者は匿名だった。さらに安全を図るために、魔術の失敗のリスクを引き受けてくれる専門家の協力を求めたのだろう。

冥界の神々

学者は冥界の神々を「クトニックな（chthonic）」神と呼ぶ（ギリシア語で「地下」の意）。そうした神々の数は多く、互いに置き換えることはできない。また、すべてが呪いのために呼び出せるわけでもない。

冥界の王――ハデス／プルトン

ギリシア人は呪詛で死者の支配者ハデスを呼び出したがらなかった。それは、現代人が個々の税金についての言い争いに財務大臣を呼び出さないのと同じ理由だろう。相手は忙しすぎて一人一人の問題に対処していられないのだ。仮に誰か一人の問題に専念すると決めたなら、貴重な時間を割く代償として請願者の命を奪うかもしれない。古代世界にハデス／プルトンを祀る神殿は非常に数少なかった。祈りによっても呪詛によっても、死の神の注意を引くのはあまり賢明ではないからだ。

ローマ人はこの点についてギリシア人ほど遠慮深くはなかった。彼らは伝統的に、皇帝に直接訴えることができたからかもしれない。たとえば前四四年、ユリウス・カエサルの暗殺が差し迫っていることを懸念した一人の市民が、警告のためカエサルにそっとメモを渡したという例がある。

柱を背に、ケルベロスを横に置いて、王位についたハデス。

ハデスとペルセポネ。ペルセポネは生命の象徴である麦穂を、ハデスは古代の墓によく植えられていた花、不凋花（アスフォデロス）を持っている。

カエサルはそれを陳情書だと思い込み、「あと」で読もうとトーガにしまい込んだが、結局その「あと」が訪れることはなかった。権力者は陳情書を受け取ることを務めとしていたので、その一世紀半後、皇帝ハドリアヌスが陳情書を持ってきた女性に「今は多忙だ」と言ったとき、その女性は「だったら皇帝なんてやめちまえ！」と言い返したという。呪詛とは基本的には、真実と光と正義の名のもとに（と呪いをかける者は考えている）Xという人物を懲らしめてくれと神に求める陳情である。この世の王に陳情できるのなら、あの世の王にも陳情できて当然ではないか、とローマ人は考えたのだろう。

ハデス／プルトンの（パートタイムの）妻―ペルセポネ／プロセルピナ

ローマ人はギリシア人よりも（少しは）気軽に、敵を懲らしめてくれとプルトンに頼んだが、同時にプルトンの妻プロセルピナに訴えることも多かった。プロセルピナのギリシア版はペルセポネである。彼女はハデスに拉致されて一年の半分を彼の支配する暗黒界で暮らすことを強いられたが、あと半分の期間は地表に戻り、大地を再生させ、雨を降らせて穀物の種を目覚めさせた。そのため、ペルセポネは恐ろしいハデスの妻でありながら新たな命と成長の女神なのだ。だから真剣な呪詛をかけたい人間からすると、彼女は善良すぎる。それでも、祈願を完璧なものにするため彼女も呪文で指名されることがあった。

ヘルメス／メルクリウス

一方、ヘルメスは効果的な呪詛には不可欠である。現在ではヘルメス（あるいはローマのメルクリウス）は主に神の伝令使として知られているが、それは間違っている。実のところ、神の伝令使は天と地を結ぶ弧を描く虹の女神、イリスである。ヘルメスが神の伝令を運ぶときもあるが、それはゼウスからの直接の伝令だけだ。ここにも呪詛に伴う危険がある。恐ろしい神々に捧げものをして祈願することによって、ヘルメスを個人的な目的に利用したなら、宇宙の支配者たるゼウスを怒らせてしまい、彼の伝令使を横取りしたことについて後日弁明せねばならないかもしれない。

とはいえ、ゼウスの伝令を運ぶのはヘルメスにとっていわば副業である。ヘルメスはペテン師や実業家（これらが同一人物のこともある）の神でもあるが、最も忙しいのはヘルメス・プシューコポンポス、すなわち導き手ヘルメスとして働いているときだ。古代人は、人が死ぬときこの世で最後に見るのはヘルメス・プシューコポンポスだと信じていた。プシューコポンポスは人を冥界へと導き、人はそこで死者の霊に加わるのである。

そうした死者の霊はマネス（「死者の霊魂」）と呼ばれる。古代ローマ人の墓石にはたいてい「D.M.」という字が彫ってあるが、それはディス・マニブス（*Dis Manibus*）、「死者の霊に捧ぐ」の略である。ローマ人は、自分がちゃんとした人間であることを目的地の人々に示すための紹介状を持って旅をした。墓石の銘は、基本的にはこの最も長く最も神秘的な旅のための紹介状であ

翼のついた靴を履いてケリュケイオン（伝令使の杖）を持ったヘルメス。

る。遺族は死者が向かう社会の住民に向けて、死者を褒め称えることを書いたのだ。

ヘルメス・プシューコポンポスは墓石のメッセージを冥界まで運んだが、そのとき墓に置かれた冥界宛のほかの手紙も拾っていった。これは古代で一般的に行われていた手紙の配達方法である。郵便制度がなかった時代、手紙はたいてい宿屋やその他公共の建物に置かれた。宛先と同じ方角に向かう人間は、気が向けば手紙を目的地のほうへ運んでいった。現代で親切な人々がヒッチハイカーを拾うのと同じだ。だから古代では、クーマエに住むフィロタナトスにメッセージを送るときは、アッピア街道の宿屋に手紙を置けば良かった。冥界のヘカテーに手紙を書いたなら、それを新しい墓に置いた。ちなみに、ローマ人は壁で囲まれた都市の内部に死者を埋葬せず、墓は町から出るすべての道路の両側に建てられた。

神族の魔女――ヘカテー／トリウィア

ヘカテーも多くの手紙を受け取る。彼女は興味深い女神で、「全能のゼウスが名誉を与える[18]」相手である。

大地と大洋に生まれたすべての神々と同様に、彼女にも自らの役割がある。クロノスの息子は彼女に不当な扱いをせず、古《いにしえ》のティーターン神族の神々の中で彼女が受け持つ役割を少しも奪わなかった。原初の昔から存在する、大地の、天空の、そして大洋［すなわちハデス、ゼウス、そしてポセイドンの王国］の特権を彼女は保持している。

古典的な神話は派手で目立つ神々について詳しく語っているが、ヘカテーは恐ろしい存在として静かに控えている。彼女は処女神だ。その事実は、古参の男の神が女性を（たとえ家族であっても）好き勝手にレイプする神族の世界にあって、

死者への訴え

前350年頃に古代マケドニアのペラでマクロンという男性の墓に置かれていた巻き物は、マクロンの霊と彼の来世での仲間に、結婚問題への介入を求めている。

マクロンそして冥界の神霊たちに、この巻き物を委ねます。私がこれを掘り起こして再び広げるまで、テティマ［私のライバル］をディオニュソフォンと結婚させないでください。彼は私以外の女と結ばれてはならず、私が共に年老いていく相手はディオニュソフォンしかいないのです。

個人の家にはよく三相のヘカテーの小像が置かれていた。

彼女がどんな女神かを物語っている。恐ろしい神々の中にも「ヘカテーには手を出すな」という暗黙のルールが存在するのである。

ヘカテーはもともと小アジアの女神だったが、一般大衆の要請によって、ギリシアとイタリアに文字どおり輸入された。彼女は常に「民衆の女神」として、迫害された者、財産を奪われた者の味方だった。陥落したトロイアの王妃ヘカベが敵に囲まれたとき、ヘカテーは彼女を大きな黒犬に変えて助けた。この黒犬はヘカテーの使い魔となり、しばしば先触れとしてヘカテーの登場を知らせる。また、ヘカテーがそばにいるとき犬が吼えたり、ヘカテーの注意を引きたい者が交差路で子犬を生贄にしたりするのも、彼女が犬を使い魔にしているからだ。

(ローマ人にとっての「交差路」は、現代人なら「T字路」と呼ぶものである。多くの文化で交差路は超常的な力を持つ場所と考えられており、ヘカテーは交差路と密接に結びついているため、彼女のローマ名は「三叉路」を意味する「トリウィア」である―ちょっとした豆知識《トリビア》。）

ヘカテーは三叉路のそれぞれの道を向いた三つの体で描かれることが多い。その像は彼女の三通りの存在――天空、地上、冥界――を象徴している。冥界の女神として描かれるときは松明を二本持っている。彼女は冥界の女神として神霊を自由に操っていて、呪いをかける人間は、それを実行するのにふさわしい神霊を選ぶようヘカテーに求めるのが常だった。

ヘカテーに関して覚えておくべきなのは、ほかの手段で救済されなかった者にとって彼女は最後の砦だということだ。この女神は強い正義感を有しているため、自分が不当な扱いを受けたと心から感じていないのに彼女を呼び出すのは危険である。彼女は不正には恐ろしい態度で臨むので、彼女を召喚する前に、あなた自身が「不正」に加わっていると判断されることは絶対にないと断言できるか、もう一度考えたほうがいい。

ヘカテーは訴えを認めてくれるかもしれないが、言葉は慎重に選ばねばならない。禁断の呪文を依頼した請願者に、魔女はこのように告げる。

ヘカテーはこれを許しません、あなたの願いは公平でなく正しくないからです（後略）
もっと立派な「別の」呪文を試みましょう（後略）
三つの姿の女神が力を貸してくださるならば
この大胆にして恐ろしい企ては成功するでしょう[19]。

神霊と本当に有害な霊たち

　魔術の請願者がヘカテーやその仲間に派遣してくれと頼む「神霊（ダイモーン）」とはどういうものか、ここで明らかにしておこう。概して、黄泉の住人が召喚されるとき、実際に手を汚すのは神霊である。神霊の評判は悪いが、それはユダヤ教やキリスト教の伝承が彼らを冥界と関連づけており（それは正解）、冥界を地獄だとしている（それは間違い）からだ。

　ギリシア人やローマ人にとって、「神霊」とは人間以上で神以下の、冥界の存在である。死んだ英雄の霊という場合もある。霊界の旅人として、こうした存在は直接召喚されることもあれば、ヘカテーのような神々の意に沿って現れることもある（これが、インターネットのバックグラウンドでデータを集めたり操作したりするプログラムが「ダイモーン（daemon）」と呼ばれる理由である）。神霊に関して良い点は——聖書は絶対に賛同しないが——神霊は生まれつき有害なわけではない、ということだ。

　逆に、とてつもなく卑劣なことを頼みたいなら、ニュクス（夜の女神）の娘たちを召喚するといい。ギリシア人にとって、彼女たちはケール、あるいはホメロスが明確に呼んだように、ケーレス・タナトスつまり「死をもたらすケールたち《ケレース》」だった。古代ローマ人は彼女たちをテネブレ、「影の者たち」と呼んだ。軍神アレス／マルスや戦略の女神アテナ／ミネルヴァが戦場にいるのには正当な理由があるのに対して、ケールたちは単に血を求めてそこにいた。

「影の者たち」、白い牙をむき、恐ろしい顔をし、陰湿で、残虐で冷酷な者どもは、斃《たお》れた死者を奪い合って赤黒い血を飲んだ。戦士が打ち負かされ、あるいは傷ついて倒れると、冥界へ向かおうとする魂の持ち主を、一人が巨大なカギ爪で捕まえる。（中略）人間の血に満足すると、彼女たちは死体を肩越しに投げ捨て、さらなる血を求めて激しい戦いの中に駆け戻るのだった[20]。

地震や火事といった災害の場にも、ケールたちは悪意をみなぎらせて見えない姿で現れる。一般に、平均的な魔術師はケールたちを避ける。彼女たちはそのとてつもない悪意によって、呪文をかける相手だけでなく呪文をかけた本人をも襲おうとすることがあるからだ。ケールたちを安全に操るには、超一流の魔女でなければならない。

彼女の呪文はケールたちの協力すら求めようとした、人間の霊を求めて天から送り出された、魂を貪る冥界のすばしこい犬たちを。（中略）それがメデイアの恐ろしい力であった[21]。

呪詛板を見て回るときは、特にアレンティィカ、アナプレクテ、ステュゲレを見落とさないようにしたい。これらは名前で呼び出される個々のケールであり、そのため彼女たちを召喚する呪詛は、アスベスト製の手袋や長い柄のトングを扱うのと同じくらい慎重に扱う必要がある。

フリアイ／エリニュス

恐ろしげな名前〔英語「フューリー（fury）」は英語で「激怒」の意味〕ではあるものの、彼女たちの専門的な能力が必要となった場合、フリアイを召喚するのはケールを召喚するより安全である。フリアイはオリュンポスの神々よりも古い神だが、太腿までのブーツを履いて鞭を持った真剣な顔の若い娘として描かれる。しかしその手のものが好きな人は、魔術の対象となる被害者の目にはフリアイは髪が蛇で赤熱色の目をして蝙蝠の翼を持った醜悪な怪物に映ると知ったら、さぞやがっかりするだろう。

フリアイは、家族（特に親）に対して罪を犯した者や誓いを破った者を罰する。後者のカテゴリーには宣誓して就任した上級公務員の大部分が含まれるので、原初のフリアイは時々市民と政治家の対立という現代にもある争いに巻き込まれた。また、フリアイよりよく知られる女神ネメシスの場合も同じだが、フリアイを召喚すれば、彼女たちは必ず悪事を罰してくれる。とはいえ、実のところフリアイに訴えるのは呪詛ではない。超常現象的な世界における善良な市民が、フリアイが対処すべき問題を指し示しているだけのことなのだ。

メデイアがイアソンの子供たちを殺した祭壇の上に浮かぶポエナ（フリアイと結びついた恐ろしい霊）。

母殺しの罪で裁判にかけられる神話の英雄オレステス。フリアイはアテナ（左）に止められて、苛々しながら待っている。

地下に棲んでいない神々

アテナ／ミネルウァ、アルテミス／ディアナ、アポロン／アポロといった「天空の」神々が呪詛で召喚されることは少ないものの、彼らの管轄内の問題であれば呼び出される場合もある。それらの神々には多くの側面があり、その側面に従って人々を守っている。穀物の女神デメテルは、敵の作物を枯れさせるよう頼まれることがあった。既に見てきたとおりヘルメスは旅人の守護神であり、神々の王ゼウスには旅人をもてなす神という側面もあった。だから、不満を抱いた現代の旅行者が悪徳旅行業者を懲らしめるようヘルメスに頼んだり、ホテルと交渉することをゼウスにお願いしたりすることもあるかもしれない（そのホテルがバーで高級ワインを出しているなら、コルクを包む鉛のキャップシールが呪詛を記すのに理想的である）。

呪詛を補完する材料

理論的には、黄泉の住人の助けを得るには彼らへの訴えを書くだけで十分だが、古代に呪文を唱えた者の多くは目に見える補助品、図、ピンを刺した人形などで呪詛を補完して、相手の体のどの部分を苦しませるのが最適かを教えた（特に必要ではないが、ストレス発散にはなった）。

しかし、魔術師が神や神霊の助けを単に求めるのではなく、魔術の手段によって協力を命じる

あるキルタ市民を滅ぼすよう神霊に命じる呪い

この呪いには、呪文を唱える者が召喚したい神霊の像が用いられる。目立って大きな性器と山羊の足を持つ、いかにも恐ろしげな人形である。多くの人々が一つの名前しか持たない世界では、優れた呪文は名前と血統を明示して、必ず目的の人間に的中するようにする。ここに紹介する例で「女から生まれた」(文字どおり「子宮から生まれた」) という誰にでも当てはまる表現が用いられているのは、相手を特定する決定的な情報が不足していることを示している。また、呪いをかける者に教養がなかったため文法は曖昧で、シルウァヌスというのが呪いを実行する義務を負わされた神霊なのか、それとも呪いの対象なのかは、これだけでは判別不可能である。

彼を捕まえ、理性を奪い、記憶をなくさせ、[彼自身を救うための？] 儀式を行う能力を失わせたまえ。彼の骨髄を空にしたまえ、女から生まれたシルウァヌス、私は彼を汝に委ねる。彼を捕獲して縛りつけよ（中略）彼の行い、彼の情事を。彼を殺し、その魂を奈落たるタルタロスに落としたまえ[22]。

場合は、もう少し多くを捧げなければならない。その企てがハイリスクであることは言うまでもない。神霊を呪縛するとき、魔術師は神の役割を演じている。これは過度な自負心（傲慢）の表れにほかならず、当然ながら因果応報の神ネメシスの注意を引いてしまう。人間から命令されることを神々がどう思うかを想像するのは難しくないだろう。また、呪縛の呪文を、亡霊に対して使うこともできた。

呪縛の呪文はしばしばコロッシと呼ばれる。それは、共振の魔術によって作用するという意味で現代のブードゥー人形と似ている。コロッシに対して行われたことは、魔術によってコロッシと結びつけられた人間の体に伝えられるのだ。人形は鉛や青銅で作るのが理想だが、蠟や藁を使うこともできる。人形には呪いの対象者を特定する材料を埋め込まねばならない――髪、爪、服の切れ端などで良い。いずれの場合にも、人形に対象者の名前を書くのは必須である。人形の、相手に激痛を感じさせたい部位を針や釘で刺し、頭や足を後ろから前へとねじり、腕は縛られているかのように後ろに回す。相手を殺す必要があるなら、石棺を模した箱に人形を押し込むのも効果的だ。

必要な呪縛の呪文と祈願を唱えたあと、人形は新しい墓に置かねばならない。望ましいのは追いはぎや人殺しの墓だ。こうした過激なケースでは、ヘルメスに呪文を届けてもらうのではなく、人殺しの魂に直接訴えて呪いを実行させる。子供など早すぎる死を遂げた者の助けを借りれば、神霊を墓場に呼び出すこともできる（言うまでもないが、現代の墓場でそんなことをしたら、ネメシスによる当然の報復を受ける前に法に

アテナイ風の証人の威嚇。この鉛箱に入った人形の目的は、紀元前5世紀のアテナイの裁判で相手に害をなすことだった。

よって裁かれることになる）。

さらに危険な神に祈りたいなら、それにふさわしい聖域（現代で見つけるのは難しいが）か、その神にとって神聖である水域に、人形を埋める。ヘカテーに頼むのはもっと容易である。すべての交差路はこの女神にとって神聖だからだ。だが崖から飛び下りるのと同じく、「容易」だからといって、安全あるいは望ましいというわけではない。

カルデロスの敵による呪縛の呪文

次に示すイタリアの祈りは、ローマを起点とするアッピア街道沿いの墓場で発見された多くの呪いの銘板の一つに書かれたものである。水道管から取った鉛の板に書かれた呪いが訴えている「神の精」はヘカテーかもしれず、エイドネアは［ヘカテー・］アイドナイア（冥界のヘカテー）の別の書き方かもしれない。異国や遠く離れたところのものは、往々にして日常的なものより強力だと見なされる。呪文を実行するため召喚される神や神霊についても同じである。ヘカテーを動かすために召喚されるのはエジプトの神オシリスやヘリオポリスの聖牛アピス／ムネウィスだ。下部に並べられた名前は、呪いをかけた者が、呪文を実行するときヘカテーに利用してほしい神霊（銘板には「聖なる天使」と書かれている）である。

オシリス、オシリス、アピス、オシリス、ムネ、フリ汝、神の精エイドネアに（中略）この恐ろしき銘板を託し、不信心で忌まわしく呪われた、フルゲンティアの子カルデロスを汝の手に委ねる。フルゲンティアの産んだカルデロスを台に縛りつけ、恐ろしい死を与えよ。それを五日以内に成し遂げよ。地の底にありて天空の周期を支配する神に願うものなり。

OIMENEBENCHUCH BACHUCH BACHAHUCH BAZACHUCH BACHAZACUCH BACHAXICUCH BADETOPHOTH PHTHOSIRO[23]

神話や古代の文献には、惚れ薬や呪詛が自由に用いられる物語が多く見られる。この呪詛のような考古学的発見は、市井の人々がこうした魔術を好んでいたことを示している。これらを模倣したい誘惑に駆られた人もいるかもしれないが、記録に残るこうした事例で望ましい結果に終わったものがほとんどないことは知っておいてほしい。

第四章　魔法の生き物

古代人は、大きな足を一つだけ持つ（暑い日にはそれを日よけに使う）奇妙な民族から、腹に顔がある動物、巨大な毛むくじゃらの獰猛な女戦士まで、珍しい生き物を数多く想像した（実際、最後に紹介した女戦士は、雌ゴリラを捕獲するためアフリカ沿岸まで航海した冒険心あふれる船長によって報告されている）。本章で紹介するのは、現在でもよく知られている（とはいえ、我々の想像力と同じく時代を経るうち少しは進化している）魔法の獣に限っている。

吸血鬼（ラミア）など血に飢えた存在

現代のフィクションによって、我々は普通の人間と深くロマンティックな愛情を育む吸血鬼にはなじみがある。古代人は、さまざまな種類の吸血鬼が実在することに疑いを持っていなかった。だが、肉と血を持つ人間に対する吸血鬼の興味は、結局のところ人間の肉と血に終始していた。彼らは人間を愛するふりをするかもしれないが、真の目的は肉体だけである。メニッポスというリュキア出身の若くハンサムな男性の経験談は、良い教訓になるだろう。

1607年のルネサンス期の木版画で描かれたラミア。この生物は古代に比べてあまり魅力的ではなくなったようだ。

ある日、彼「メニッポス」はケンクレアイ「コリントス付近の港町」に通じる道を歩いているとき、異国の女性に出会った。美しく華奢な女性だった。（後略）

彼女は、自分はフェニキア人で、長い間遠くから彼を見て憧れていたと言った。コリントス郊外のある地区に住んでいると話し、彼をそこに招いた。「私のところに来てくれたら、歌を歌ってあげるわ。あなたが飲んだどんなワインよりもおいしいワインを飲みましょう、邪魔者は誰もいない、私たちは美男美女として一緒になるのよ」

その後数日で「ロマンス」は進展し、二人は結婚することになった。たまたま、メニッポスは予言者で奇跡の実行者テュアナのアポロニオス（後一五～一〇〇頃）の弟子だった。アポロニオスは、魔術師というよりは、在俗の聖者のような存在だった。彼は美しき花嫁の正体を見抜いてメニッポスに告げた。

「この頬を染めた花嫁はラミアである。（中略）ラミアたちにとって、アフロディーテの喜びである愛を分かちあうことは、のちに貪るつもりの肉体を持つ人間を騙すための準備段階なのだ……」

これを聞くと悪霊は泣きまねをし、自分を傷つけたり正体を暴露したりしないよう彼に懇願した。しかしアポロニオスは容赦することなく問い詰めたので、彼女はついに、自分がその［ラミアの］一種エンプーサだと認めた。あとで体を貪り食えるよう、快楽によってメニッポスを虜にしていたのだ。彼女は餌食として常に若く美しい肉体を求めていた。彼らの血は不純物がなく濃いからである。[1]

ギリシア人やローマ人は吸血の概念を容易に理解していた。死霊術の儀式で見たとおり、彼らは血液の持つ魔術の力を固く信じていたからだ。血液は非常に重要だったので、ギリシア人やローマ人は、小さな蚊から一口で全身の血を飲み干す怪物に至るまでのあらゆる生物が血液によって生命を維持していると信じていた。こうした生物には、人間でないものもいれば、前記のエンプーサのように人間に似ているものも、本当の人間もいた。大プリニウスは、そうした人間の食習慣について述べている。

剣闘士の血には生命力が詰まっており、彼らはこれを飲むのを習慣としている。同じ闘技場で野獣が同じことをしているのを見れば、我々は震撼するというのに。しかし人間たちは、それが自分たちの病気の最も効果的な治療法だと考えているのだ。彼らは、まだ生きている人間の傷に口をつけて血を飲む。生命を吸い取ろうとするかのように。[2]

こういった恐ろしい行為をするのは癲癇患者で、血管からの新鮮な人血が病気を治すと信じていた。

剣闘士の裂かれた喉からあふれる熱い血が自分を病気から救ってくれる、と彼らは考えている。悲惨な疾患を、さらに悲惨な手段によって、少しでも耐えられるものにしたいと思っているのである。[3]

このローマ的治療法が異様だと思うのなら、メニッポスのような若くて健康な男性の血を輸血して年老いた資産家を若返らせて儲けている会社が、二〇一八年現在アメリカ合衆国西海岸に少なくとも一つ存在していることを忘れてはならない。実際に血を吸うわけではないにしろ、大筋において同じであるのは間違いない。中世では、ハンガリーのエリザベート・バートリ伯爵夫人（一五六〇〜一六一四）が、何百とまではいかなくとも何十人もの若い娘を殺して、若返りのためその血を浴びたと言われている。その魔術のような性質ゆえに、昔から人間の血は価値があるとされていたのだろう。

文字どおり血に飢えた、人間以外の生物が人間を餌食にしていたという考えは、人類の歴史と同じくらい古くからあるようだ。ニューヨークのメトロポリタン美術館に展示されている古代シュメール人の粘土板[4]には、ある聖職者が患者の治療を行うとき吸血鬼の攻撃から守ってくれという祈願が書かれている。シュメールのレムヌーツ、ギリシアのラミア、古代ローマのレムレースという言語上の関連から、古代の文献は数千年にわたって同種の悪霊について論じていることが裏づけられる。

セビリャのイシドールスは不確かな語源論を展開して、「ラミアは子供をさらって八つ裂きにするという話が報告されている。ゆえに彼らは〝laniare〟（切り裂く《ラニアーレ》）という語から名づけられた」と述べている。子供を好む切り裂きジャックというだけで背筋が凍るが、それが頭のいかれた個人でなく一つの生物種だと考えるとなおさら恐ろしい（ちなみに、「レムレース」という語は現代の「リーマー（lemur）」〈「テナガザル」、アフリカ南部へ行った初期の探検家を怯えさせたに違いない猿に似た小動物〉として生き残っている）。

アテナイの劇作家アリストファネス（前四四六頃〜三八六頃）もラミアに言及しているが、それはこの種族の名の由来となった個人のことである。このテキストに対する古代の解説者たちによると、ここでのラミアというのはあまり知られていない神話の登場人物で、ゼウスと情事を持ったリビアの女王だった。情事を知ったゼウスの妻である女神ヘラは、いつものとおり激しい反応を示した（ゼウスの「誘惑」はたいていレイプだったが、ヘラは夫を罰することができないため、相手の女性に非難の矛先を向けた）。このケースにおいて、ゼウスは愛人を守ったものの、ヘラがその交わりで生まれた子孫を探し出して一人ずつ殺すのは止められなかった。古代ローマの詩人ホラティウス（前六五〜八）は、さらに陰惨な可能性も示唆している。ヘラはラミアに実の子供を食べるよう強要したという。それは、あることを描写するのに用いた「ラミアが食べた子供を彼女の腹から生きて取り出すのと同じくらい不可能[5]」という比喩によって、遠回しに述べられている。

当然予想されるように、この悲惨な事件によってラミアは狂った凶暴な生き物に変身した。彼女は死後冥界へ行かず、復讐に燃える霊となり、守られていない子供を探しては襲って殺した。こうした無残で恐ろしい話から、「ラミア」は血に飢えた亡者全般を指す代名詞となった。

そういう亡者の一人がモルモである。モルモについてはあまり詳しくわかっていないが、ほとんどの古代人が知るようになった初めての吸血鬼である。古代人が子供の頃、乳母や母親は、悪い子にしていたらモルモが夜中にやってきて嚙みつくと教えた（嚙みつかれたらどうなるかにつ

モルモの召喚

ローマの神学者ヒッポリュトス（後 170 ～ 235）自身はモルモを信じていなかったが、彼女を召喚する呪文を引用している（使用は慎重に）。

光の敵、闇の友そして伴侶
赤い血が流れるとき犬の咆哮に喜び
墓や塵と化した死体の中を歩き
血を熱望し、人を恐怖で凍りつかせる
ゴルゴンにして月神、さまざまな形を取るモルモ、
ここへ来よ、我らが生贄の儀式に！[6]

ヒッポリュトスはペテン師が儀式をそれらしく見せる多くのトリックを紹介しているが、火と闇は本物の儀式でも重要な要素だったようだ。しかし、昼間お行儀が悪かった子供を罰するには夜にベッドの脇で立たせておくだけで良く、このような召喚の呪文は度を越しているように思える。

いては、母親の想像力と、子供たちがその日どれくらいお行儀が悪かったかによって違ったようだ）。ギリシアの劇で、アリストファネスはモルモをお化けの一種として用いた。

夜空を飛ぶ者たち

彼らは夜に飛ぶ、餌食は乳飲み子、
揺りかごの中から攫《さら》い、体を傷つける。
乳を飲んだ肉体をくちばしでついばんで
喉を血で満たす。[7]

モルモと呼ばれるのは一人だけだが、オウィディウスは夜に飛び回って血を吸う種族について描写している。彼が述べるのは、

プロカという生後たった五日の乳児がこれら原初の吸血鬼に襲われた話だ。吸血鬼たちは乳児の顔や胸を貪り、その悲鳴を聞いて乳母が駆けつけた。プロカはすっかり血を失っていたので、オウィディウスの言葉によれば、「その顔は早霜で白くなった葉の色だった」という。クラネという魔術師が現場に呼ばれた。彼女は急いでツツジ科イチゴノキ（花を咲かせる常緑樹）を戸柱にこすりつけたり敷居に撒いたりして子供部屋を防御した。そのあと子豚の腸を手に入れ（呪文から考えるとどんな動物の子供でも使えたようだが）、次の祈りの言葉とともに吸血鬼に与えた。「夜の鳥たちよ、小さな生き物の代わりとなる小さな生き物を捧げよう、より貴重な命の代わりとなる別の命を」

生贄の儀式のあと腸は戸外に置かれ、白い棘を持つイチゴノキの枝で「ヤヌスの杖」が作られて子供部屋の窓に置かれた（ヤヌス（Janus）は門の守護神で、一年の終わりと次の一年の始まりである一月（January）の語源）。乳児はそれ以上苦しめられなかった、とオウィディウスは記している。吸血鬼は代用品で満足したらしく、プロカは完全に回復したという。

ゾンビ

古代における死刑反対論は、悪人を殺したらさらに悪質な霊が生まれる、というものだったらしい。

［彼らが言うには］人間の魂は神霊であり、悪人はレムレースになる。（中略）これが人々を道徳的に堕落させる混乱を起こすことは、一目瞭然ではないか？　生前どれほど邪悪な人間かにかかわらず、霊になったらもっと悪くなる。他人に害をなすことが好きであればあるほど、彼らは悪質になる。有害な神霊は邪悪な人間から生まれるのである。[8]

ラミアは何世紀もかけて、魔術・魔法にまつわる古代の神話の中で進化していった。半分蛇で半分人間になった種族もいれば、ヘカテーが無警戒の旅人のもとへ送り込む魅惑的な人間の女性になった種族もいる。中世では、ラミアは女淫魔《サキュバス》、男淫魔《インキュバス》、そしてもちろん、吸血鬼《ヴァンパイア》に進化した。

人狼

モエリスが私にこの有毒な薬草を与えた
恐ろしい植物ばかりの生える
ポントスで摘んだ草を。
彼がその草を使うのを私は何度も見た、
人間から狼に変身し
そして森の中に身を潜めるのだ。[9]

最初の人狼の物語を紹介しよう。ギリシアの英雄時代、アルカディアの王リュカオンは客を虐待しているという報告がゼウスに届けられた。古代ギリシア人にとって、接待役の務めは神聖侵すべからざるものだった。そのため、旅人をもてなす神たるゼウスは変装して調べに行った。この訪問者は神ではないかと思ったリュカオンは、きわめて悪趣味なテストを考えついた。地下牢から一人人質を連れてきて殺し、体の部分を焼いたり茹でたりして、その身の毛もよだつ料理をゼウスに与えたのだ。ゼウスはすぐさま供されたものの正体を見抜いて自らの神性を露わにし、とてつもない怒りで応えたため、召使いは四散し、リュカオンは荒野へ逃げ込んだ。

一種の狂気に駆られたリュカオンは、慣れ親しんだ殺戮への欲望を家畜の群れに向けた。血に喜びを見出していると、衣服は毛皮に変わり、彼は四つ足で歩きはじめた。そうして彼は狼に変身し、これまでと同じ凶暴な表情で、灰色の毛をした獰猛な生き物となった。[10]

古代人はラミアを独立した種族、人類よりも食物連鎖で上位の存在と考えていたのに対して、狼への変身は非常に珍しいがそれでも人間の症状だった。この症状はアルカディアで特によく見られた。リュカオンから流行が始まったため、ほかの人々も容易に感染したのだろう。人狼に殺された羊の肉を食べると変身能力が伝染した。そのため、多くの動物が狂犬病に感染した地域で

ローマの詩人オウィディウスによる『変身物語』のルネサンス初期の版で描かれた、変身したリュカオン。

人が狂犬病にかかりやすいのと同じく、多くの人狼がいる地域では人狼になりやすかった。

後二世紀のギリシアの著述家マルケッルス・シデテスは、犠牲者の可能性がある者を見つけて治す方法を述べている。

彼らは顔色が悪く、無気力になる。目は落ちくぼむ。舌は乾き、目も乾燥するため涙も出なくなる。常に渇きを覚えており、体重は増えない。（後略）

治療法は、発作が襲ったとき血管を切り開いて気を失うまで出血させることである。そのあと甘い［薬草か軟膏の］湯に浸ける。三日間毎日、乳清で体を洗う。これを繰り返す。[11]

これほどまでに衰弱することを思うと、自ら進んで人狼になりたがる人がいるのは驚きだ。それでも一部のアルカディア人にとって、これは一種の通過儀礼になっていた。プリニウスは次のように記している。

アルトゥス一族からくじ引きで一人の男が選ばれる。彼は近くの沼に連れていかれ、そこで服を脱いでオークの木に吊るす。そして沼を泳いで荒野に入っていき、狼に変身する。そのあと同じ状態の群れを探し出して九年間一緒に暮らす。（中略）その期間が終われば、本人が望むなら沼を泳いで戻ってきて、服を取り戻す。そして九歳年を取った人間に戻る。

しかし、変身期間中に人間の肉を味わったら人狼への変身は永久に続き、死ぬまで狼でいなければならなかった。

プリニウスは著書『博物誌』の中でもっと奇怪なフェイクニュースをいくつも報告しているが、人狼については古代の作家にも深い猜疑心を抱かせるものがある。「ギリシア人の騙されやすさは信じられないレベルだ」同じ記述の中でプリニウスは息巻いている（そして当然ながら、服が九年間も盗まれずに吊り下がっていると信じるのは無理がある）。しかし、純粋なギリシア人であるヘロドトスもやはり懐疑的だった。

スキタイに住むギリシア人は、ネウロイの人々はすべてどこかの時点で数日間狼になると言う。その後彼らは人間の形に戻る。私自身は信じていないが、彼らはそう言い、真実だと断言する。[12]

もちろんローマ人は狼と関係が深かった。彼らは、自分たちの都の創設者ロムルスとレムスは赤ん坊のとき捨てられて死にかけたとき雌狼に乳を与えられたと信じていた。敵はローマを呼ぶのに「狼」を蔑称として用いたが、ローマ人は誇らしくそれを受け入れた。毎年二月一五日、ローマ人はルペルカーリア祭を祝う。太古の昔からの祭なので、古代ですらその用語のほとんどは耳にした者には意味不明の古い形のラテン語だった。

その儀式では山羊と犬が生贄にされ、式典の食事のあとは、高位の若者ばかりかローマの執政官までが裸で街じゅうを走り回った。彼らは大笑いしながら、出会った人々をふざけて山羊革の鞭で叩いた。多くの女性は、貴族すら、これによって子供を授かれるのだと信じて叩かれたがった。[13]

こうした狼との結びつきからローマ人は人狼の話を創作したのだろう、とする学者もいる。とはいえローマ人は「人狼」という語を用いず、そうした人間をウェルシペリス（「皮膚を変化さ

このルペルカーリア祭を描いた木版画では、ルネサンス期の慎み深さにより男たちに服を着せている。子供はキューピッドの姿をしていて、女性たちは豊穣の擬人化である。

せる者」）と呼んだ。どんな変身能力がある者にもその呼び名が用いられたが、中でも人狼を意味することが多かった。人狼の物語は、前記で紹介したヘロドトスによる短い記述を除けば大昔にさかのぼる出来事を述べていたものの、初めて人狼の物語が書き記されたのは比較的遅く、後一世紀の初め頃だった（それとは対照的に、ラミアの物語は筆記が発明されたときまでさかのぼる）。

だが、ひとたび人狼が（いわば）活発に動き回りはじめるやいなや、このアイデアは止めることのできない勢いを得た。人間と狼という組み合わせには人間の心理に訴えるものがあるらしく、中世にはヨーロッパ全土に人狼の言い伝えが相当数生まれており、多くの人々が狼への変身を行ったかどで裁判にかけられて有罪とされた。
人狼は『ハリー・ポッターとアズカバンの囚人』や『トワイライト』といった現代のファンタジー小説や映画にもたびたび登場する。新しい伝承には、古代の話のバリエーションがよく登場する。人狼は銀製の武器だけには弱いというものや、狼の革製の帯を巻くことで任意に狼への変身が可能になるというものなどだ（詩人ウェルギリウスは魔術師モエリスを飲み薬によって任意に変身させている）。また、古代の資料には人狼に噛まれたため人狼に変身した人間の話は見出せないが、プリニウスはそれに近い感染の話を収録している。

パラーシアのダマエネトスは人間の生贄の儀式に出席した。当時アルカディア人は、ゼウス・リュカエウス［狼のゼウス］に捧げるため、まだそのような儀式を行っていたのである。そのとき彼は生贄にされた少年の腸を食べて狼に変わった。彼は一〇年間その状態のままだった。その後は拳闘家として訓練を積み、やがてオリュンピア大祭で優勝して帰郷した。[14]

ギリシア人やローマ人は、確かに人間を生贄にすることがあった。歴史家リウィウスによれば、最も新しい例は前一一三年にローマ人が四人を生き埋めにした事件である。[15] この例で生贄にされたのは人狼で（場所がアルカディアであることに注目）、ダマエネトスもその肉を食べたため人狼になったのだろう。

また、古代の人狼の物語でよくできたものには、月光が人から狼への変身を強制するという話がある。残念ながら、これはただのフィクションではなく、ペトロニウスの『サテュリコン』に収められた、突拍子もなく、しばしば猥褻なフィクションである。したがってこの逸話は完全なファンタジーだが、それによって当時流行していた考えの傾向を窺い知ることができる。主人公は、郊外の小自作農地に住むメリッサという恋人に会うため旅をしていた。ローマの道を旅するのは常に危険だった。追いはぎ、野生動物、そして人狼もいたらしいからだ。そのため、田舎の宿屋で一夜を過ごしているとき、主人公は翌日からの旅の連れが見つかったことを喜んだ。さらに素晴らしいことに、その連れとは「オルクスさながらに勇敢な兵士」だった。オルクスとは「懲罰者」、誓いを破った者に復讐する神である。

わしは潮時を見て、五番目の道標まで一緒に行ってくれるよう彼を説き伏せた。わしらは急いで準備をし、夜が明ける直前に出発した。月はまだ昼間のように明るく輝いていた。墓場を通っているとき、連れは墓石に向かって小便をしに行った。わしは鼻歌をうたって墓標を数えながら待っていた。

連れのほうを振り返ったとき、わしは恐怖で死にそうになった。まさしく死んだように動けなくなった。彼は服を脱ぎ捨て、それをたたんで道路脇に置いていた。そして服の周囲を回りながら小便をした。そのあと狼に変わったのだ。嘘ではない、本当に変身した。たとえ多額の遺産をやると言われても、こんな嘘をついたりするものか。

今言ったように彼は狼になり、咆哮をあげて森に駆け込んだ。最初わしは自分がどこにいるのかも思い出せなかったが、やがて彼の服を取りに行った。ところが、服はまるで石のように硬くなっていた〔だからアルカディアでオークの木に吊るされた人狼の服は九年間そのままだったのかもしれない〕。人が恐ろしさで死ぬことがあるとすれば、わしはその場で死んでいただろう。わしは悪霊が出たら斬りつけようと剣を抜き、恋人の住む農地へと向かった。

着いたとき、わしは息が切れて死にそうになり、幽霊みたいに青ざめた顔で、股間には汗の海ができていた。目は死体のよう〔にカッと見開かれ〕、実のところ今でもあのときの恐ろしい気持ちは消えない。

メリッサは、こんなに遅くなるとは何をぐずぐずしていたのか、と文句を言った。「もっと早く来てくれていたら、あなたも少しは役に立ってくれたのに。一匹の狼が家畜の群れを襲ったのよ。動物たちの血を吸いはじめたわ、まるで肉屋みたいに手際よく。狼は逃げたけど、私たちはただではすまさなかったわ。奴隷の一人が、狼の首に槍を突き刺してやったの」

それを聞いたときわしはすっかり目が冴え、休憩したいという思いは吹き飛んだ。真昼間になると、わしは家に泥棒が入ったと聞いた宿屋の主人のごとく一目散で駆け出した。衣服が石になっていた場所まで行くと、服は消え、その代わりに血の染みだけが残っていた。

［宿屋に］戻ると、あの兵士は既にそこにいて、死んだ雄牛のようにベッドに横たわっていた。医者が首の傷の手当てをしていた。連れは狼憑きだったのだ。だがわしはその後も、一緒にパンを食うこともできなかった。たとえあなたに殺すと脅されたとしても。本当さ。[16]

魔法の動物たち

古代世界における魔法の動物は人狼や吸血鬼だけではない。ここではほかの種類も、主にその動物の魔術への実際的な応用という点から考察していこう。この項は二つの部分に分かれる。魔術との結びつきを持つ古代の動物と、それ自体が魔術の存在である動物だ。

魔法の動物は、血、歯、骨、毛皮によって動物の魔術の性質を利用できる薬種屋にとって、おおいに役に立つ。種々の魔術の薬が、鳥（魔術の性質を有しているとされる鳥は一九種類）や哺乳動物の体の部分を利用している。狼、類人猿、イタチ、小型鼠、大型鼠、馬（子馬、雌馬、雄馬が区別されることもある）は魔術の古文書でしばしば言及されている（55頁参照）。

しかし、注意が必要だ。ある呪文のレシピにフェニックスの尾の羽が含まれているときは、代用品を探したほうがいい。オシリスにお告げを求める「フェニックスの呪文」が実際に使用するのは「フェニックス」と呼ばれる紫色に染めた紙の一種で、現代なら比較的容易に入手できる。それは好都合だ。古来フェニックスというのは一羽しか存在していなかったし、最近ではそれもまず見られなくなっているのだから。魔術の古文書に書かれたそうした符丁は、事態を単純にも

ハイエナの魔術だと、おいおい《マイ・アス》！

古代ギリシアの魔術の材料として何より多く使われたのは驢馬《アス》だ。一方、古代ローマ人はハイエナをもとにしたレシピを好んだが、おそらくこの動物が異国的で魔術にふさわしかったからだろう。ハイエナの部位を用いた記録は七九例ある。ほとんどは治療の魔術だった——ハイエナの目は狂気を、肝臓は緑内障を治す、などなど。ほかによく用いられた動物は、用例の多い順に蜥蜴、雄鶏、山羊、朱鷺である[17]。

四本足の魔術の薬——ハイエナを描いた古代ローマのモザイク画。

薬種屋のカンニングペーパー

人は大変詮索好きなので、書かれた薬草などの材料は読み替えが必要となる。こうしたことに気をつけないと、使うべきものを誤解して魔術を行ってしまうことがある。これらは秘密の書物から得た読み替え［の一部］である。

蛇の頭　蛭

朱鷺の骨　セイヨウクロウメモドキ。［これが用いられる「呪文」は実際に便秘を治すが、毒性が強いのでその目的に使うのは危険である。］

蛇の血　赤鉄鉱

鰐の糞　エチオピアの土

ライオンの精液　人間の精液

ヒヒの髪　イノンド（ディル）の種子

ヘスティアの血　砂岩

アレスの精液　クローバー

イワダヌキの血　本物のイワダヌキ［期待させて申し訳ない］[18]

複雑にもする。単純だというのは、「フェニックスの紙」のように、異国あるいは魔法の動物から取る一見入手不可能な材料が、実はそうではないからだ。複雑だというのは、材料が本当にそれを指すのか偽装した代用品なのかを、有望な魔術師は見きわめねばならないからだ。

魔術との関連

猫

猫は現代の魔術で大きな役割を演じている。現実の（「現実」の既知の定義による）魔女にも架空の魔女にも好まれている。猫は死者の霊を見、魔術の使用を感知することができる。しかし、こうした性質が猫に与えられたのは比較的最近だ。古代世界では、猫はたいてい人に構われず、ペットと

この食料をちょろまかすポンペイの猫は、ローマで猫がペットとして不人気だった理由を示唆している。

して飼われることは少なく、人の家に住み着くこともなかった。古代では、家にいる鼠の排除は一般的にイタチやペットの蛇が行っていた。現代でも知られる何百もの古代の呪文の中で、猫は五回しか現れないのに対して、イタチや蛇は、このあと見るように魔術と密接に関連していた。

古代世界のたいていの人は、エジプトで猫が神聖だと考えられて熱愛されていることを知っていた。前一世紀のギリシアの旅人シケリアのディオドロスによると、エジプトではたとえ過失でも猫を死なせたら死刑になったという。多神教の古代人は、別の宗教の神であっても猫の女神バステトを怒らせたくなかったので、猫は警戒されながらもまずまず大切に扱われた。

ローマ人にとって、猫は自由の象徴だっ

た。あらゆる動物の中で猫は最も自由に生きているからだ（猫の飼い主なら誰もがそう証言するだろう）。しかしローマ人もギリシア人も、猫を魔法の動物とは考えていなかったらしい。ギリシアの神々にはそれぞれ象徴となる聖獣がいた。アテナが梟を飼っていたのはよく知られており、そのため今日でも梟は知恵の象徴とされている。ゼウスには鷲が、ヘラには孔雀がいた、などなど。猫にも保護者たる神がいた——といっても、我々が予想するような、魔女の女神ヘカテーではない。猫は狩りの女神アルテミスの聖獣だ。アルテミス自身も、とてつもない怪物テュポンから逃げようとして猫に変身したことがあったのである。

イタチ

ヘラクレスの母が産気づいたとき、ヘラの企みによって出産が妨害された。女たらしのゼウスが赤ん坊の父親だったため、ヘラがまたしても嫉妬したからだ。それに気づいた乳母はうまくごまかして、この英雄を誕生させた。ヘラは激怒し、仕返しに不運な乳母をイタチに変えた。ヘカテーは、ヘラに（ほかのどんな神にも）どう思われるかを気にしない数少ない女神の一人で、不当な扱いを受けた犠牲者の味方だった。そのため乳母のイタチを自分の使い魔の一員とし、以来イタチはヘカテーの象徴となった。このため、多くの家はこの女神を崇める証としてイタチを飼ったが、それには鼠の問題が魔法のように消え去るというおまけもついていた。

ヘカテーとの結びつきゆえに、イタチは死んだ子を生き返らせる能力があると思われている。

そのため、イタチの肉に注意深く塩味をつけて適切な儀式で食したならば傷を癒して毒を中和すると考えられている。ある古文書に書かれた呪文は、イタチの血で三角形の鉢に記号を書くことになっている。それを呪いたい相手の家に埋めると、重病にさせられるという（幸いなことだと思うが、その魔術の記号は古文書の傷んだ部分に書かれていたので読めなかった）。

古代の学者や魔術師は、神と結びついた飼育動物としてイタチを研究してきた。人の足の間を駆け抜けたりテーブルに飛び乗ったりするようなイタチの行動は、予言的な意味を持つ場合がある。蛇も魔力を持つ動物のため、イタチが死んだ蛇を口にくわえて引っ張るのは非常に悪い予兆だった。神霊がイタチの鳴き声を通じて将来の出来事を告げることもあった。イタチは大変一般的で、しかも魔術との関連が強いので、魔術の専門家は、悩みを持つ家屋所有者の質問に答えるにはイタチに関する言い伝えに通じていなければならなかった。

また、ヘカテーとの関係を考えると、イタチ女に変身する魔女が存在しても驚くには当たらない。古代の作家（そして告発された魔術師）アプレイウス（後一二五頃～一八〇頃）は、死体が埋葬される前に魔女が魔術のためにその人体の部位を取っていかないよう死体の番を任された男性の物語を述べている（突然死を遂げてまだ儀式で清められていない若者の死体と臓器は、魔術の材料として最適だったのだ）。

死体と二人きり！　私は心を奮い立たせるために歌を歌い、番をするため起きていられる

ヘカテーの憤怒

ケナガイタチはかつて人間だったと言われている。私の聞いた話では、彼女はガレという名前の魔術師で、呪文を操っていた。彼女はまた、とてつもなく淫乱で、倒錯した性的嗜好を持っていた。そのため女神ヘカテーが彼女をこの醜い動物に変えたことを、私は知っている。

女神よ、私に優しくしたまえ。［あなたについての］物語を話すのは他の人々に任せよう[19]。

ように目をこすった。薄暮は闇に変わり、夜もふけて私はいささか怯えていた。そのときだ、一匹のイタチが急に部屋に入ってきたのは。イタチは立ち上がって射貫くように私を見据えた。小さいながらもきわめて大胆なけだものの強い目つきに脅かされた。

「シッシッ！」私は叫んだ。「邪悪なけだものめ、仲間の鼠のところに帰れ。ここから出ていかないと懲らしめてやるぞ。行け！」

イタチが背を向けて部屋を出ると、私は底なしの深い眠りに落ちていった。私と本物の死体のどちらが死んでいるのか、アポロンすら判断できないほどの深い眠りに[20]。

イタチは、彼がそれほど深い眠りに落ちるよう魔法をかけたに違いない。それが問題だった。主人公が文字どおり死人のごとく眠っている間に、そのあと現れた魔女たちは死体だと勘違いして、彼の耳と鼻を持ち去ったのである。

蛇

蛇は昔から薬と関連づけられてきた。蛇は癒しの神アスクレピオスを象徴する動物だからだ。何世紀にもわたって、医学のシンボルは一匹の蛇が巻きついた杖、アスクレピオスの杖だった。ただしアメリカ合衆国でのシンボルは、二匹の蛇が巻きついて上部に翼がついた杖だ。これはまったく別のシンボル、ヘルメスの杖カドゥケウス〔ケリュケイオン〕である。

なぜアメリカの医療従事者が商人のシンボル、行商人や詐欺師の神を採用したのか（この採用は非常に適切だと考える皮肉屋もいるが）、はっきりとはわかっていない。しかしアメリカ陸軍の医療部隊の責任だというのが一般的な説である。カドゥケウスは相争う二匹の蛇を杖が分けているところを示しており、医療部隊は、自分たちは相争う軍隊の間で腕を振るっているのだと言いたかった。そこから、この杖を使うという案が広まったと思われる。アメリカの医師がカドゥケウスのシンボルを使うことを正当化するため、中世ヨーロッパの医学書もそれを使ったと指摘する人もいる。しかしこの議論にはあまり説得力がない。昔の医学書は魔法の存在としての役割に期待してヘルメス・トリスメギストスの加護を求めており、魔術と医術がカドゥケウスの蛇のように絡み合っていた時代を回顧しているだけなのだ。

カドゥケウスをめぐる論争は、蛇は昔から治療にかかわっていたものの、その役割は必ずしも明確でなかったことを示している。今日でも、世界の一部の地域では、「蛇の油売り」という表現は口達者に怪しげな製品を故意に売りつける人間を指している。しかし予言となると、蛇はもっ

上：このヘレニズム期の腕輪の「ヘラクレスの結び目」にはガーネットがはめ込まれている。結び目もガーネットも、結婚における誠実さを象徴する。蛇はおそらく知恵の象徴。

下：健康の女神ヒュギエイアは父アスクレピオスの杖に巻きついた聖なる蛇に餌を与えている。

と確かな地歩を固めている。

屋内での飼育動物として、蛇はイタチと同じくらい、未来についてどんなヒントを与えているかを知るため子細に観察される。

ティベリウス・グラックスがかつて寝室で蛇のつがいを見つけたという話がある。彼は予言者に相談し、何があっても二匹ともを殺しても逃してもならぬと言われた。雄の蛇だけを殺したらティベリウスは死んでしまう。雌だけを殺したら［彼の妻］コルネリアが死ぬ。妻を深く愛するティベリウスは、自分は年長で妻のほうが若いので自分のほうが死ぬと結論を出した。そのため雌の蛇を逃がして雄を殺し、その後すぐに死んだ。[21]

翼があり２匹の蛇が巻きつくメルクリウスのカドゥケウス。この杖のもっと実用的なバージョンでは、蛇は上部だけに巻きついて杖の持ち手になっていた。

このスパルタの酒杯には蛇と戦う戦士が描かれている。おそらくはアポロンがピュトンに挑んでいるのか、あるいは英雄カドモスが泉の蛇と戦っているのだろう。盾に描かれたメデューサのモチーフに注目。

この物語で最も驚くべきなのは、ローマの家で蛇は普通に見られたため、ティベリウスは蛇の雌雄を見分けるという難しい課題をクリアできたことかもしれない。

予言に用いられる最も優れた蛇はニシキヘビ（パイソン　python）である。その語源となったピュトン（Python）は現代のアフリカに棲息するニシキヘビも真っ青になるほどの巨大な蛇で、世界の中心、巨大な神託所（203頁参照）の番人だった。ピュトンの失墜は、ヘラがいつものように穏便にアポロンの誕生を阻止するよう命じたことに端を発する。アポロンの父親はヘラの夫ゼウスだが、母親はヘラではなかったからだ。ピュトンは任務に失敗した。だが、この芸術と音楽の神アポロンには、残忍なほど復讐心に燃えることもあるという、ほとんど知られていない性質があった。成長して一人前の神となったアポロンはピュトンを探し出して殺し、彼が番をしていた神託所を引き継いだ。そこは、それが置かれていたデルポイの山の聖堂にちなんでデルポイの神託所と改名され、古代世界における最高の神託所となった。神託を伝える巫女はその後もピュティア（ピュトネスの巫女）と呼ばれ続けた。

次に紹介する文献は、「悪い」蛇は悪い人間から生まれると述べている。

死人の腐敗した脊髄は蛇に変わると言われている。（中略）この邪悪な生き物は邪悪な人間の生き方に合わせて彼らの背骨から作られる。（中略）悪人の死体は、その悪行に対して蛇を生み出すという罰を与えられるのである。[22]

隅でバシリスクが跳ね回っている、後2世紀のローマのモザイク画。

注目すべき別の種類の蛇はバシリスクだ。この生物は現代の荒野には棲息していないけれども、古代の著述家はそれをとてつもなく危険だがそれ以外は普通の生物種として扱っている。バシリキ・セルペンティス（*basilici serpentis*）は長さがたった三〇センチ（一二インチ）の北アフリカの蛇だった。「バシリスク」という名前は「王」を意味するギリシア語に由来し、蛇の頭にある王冠形の白い印を指している。にらむだけで相手を殺す力を持つことで悪名高いのに加えて、猛毒も持っている。これは「薬」*pharmaka* を作る者にとってはきわめて有用だ――安全に毒を取り扱う方法があるならば。プリニウスが述べたエピソードはその問題を例示している。

昔、馬に乗った男がバシリスクを槍で突いたと言われている。バシリスクの毒は槍を伝わっていき、乗っていた馬もろとも男を殺してしまった。[23]

とはいえ、この信じられないほど危険な動物（「信じられない」（incredible）は文字どおり「信じるのが難しい」という意味）にもクリプトナイト〔スーパーマンの弱点である架空の物質〕がある。イタチはバシリスクの最悪の毒にも影響を受けないし、イタチに噛まれるとこの蛇は即死する。この話と、自然におけるコブラとマングースのライバル関係との対応は、バシリスク伝説の少なくとも一部はインドに起源があることを示唆している。

犬

現代では、この謙虚な動物はごくありふれた生き物と考えられている。だが古代においては、ヘカテーがイタチとともに使い魔として連れていた動物だった。その犬とは、魔術によって大きな黒犬に変身させられたトロイアの王妃ヘカベ（122頁参照）である。現代では犬は一般的に魔術と無関係だと思われているが、ヘカテーとの関係から黒犬、とりわけ急に現れる大型の黒犬は例外である。ヨーロッパのほとんどの国で、そういう黒犬は死の予兆だと言われている。

魔術の性質を有することは、古代の犬にとって利点ではなかった。神への使者にふさわしいとして、よく生贄にされたからだ。毎年八月三日に行われた格別残

ポンペイで発掘された、”*cave canem*”（カウェ・カネム「犬に注意」）と警告するモザイク画２枚のうちの１枚。古代ローマの生活で犬がどこにでもいたことの証拠。

酷な儀式では、ローマ人は豊穣の儀礼の一部として犬を十字架にかけた。

古代で生贄にされるのは、たいていその文化で食用にされる動物だった。古代には、生贄にされて神々が皮や骨を取った動物の残りが売買されて人間が肉を食べる、という商売が行われていたからだ。ところがギリシア人やローマ人は犬を食べなかった。ゆえに、犬の生贄は冥界の神々への捧げものに限られていた。そうした生贄では体全体が火で焼き尽くされるのだ。それに、ヘカテーは犬を飼うのが好きだった。月のない夜に彼女が異国を歩くと、その国の犬は吼える。すると、この女神に付き添う犬の従者の霊が応え、分別のある人間は毛布をかぶって身を隠すのだった。

現代の猫と同じく、古代の犬は幽霊や神霊を見ることができた。何もないところに向かって吼える犬は、幽霊か神霊を見たのだと考えられた。魔術の薬には犬の部位がしばしば登場する。シェイクスピアの『マクベス』でヘカテーを信奉する魔女たちが「イモリの目、蛙の爪先／蝙蝠の毛、犬の舌[24]」を入れた薬を煎じるというところで、その役割が再現されている。こうした魔術は今日では忌むべきものだと思われているが、風邪やリウマチで悩む人間なら、子犬に優しく撫でられるという古代の治療法を試してもいいだろう。

魔法の種族

次に紹介する生き物は純然たる魔法の存在で、出会うことはきわめて稀有（魔術の能力を有する者）、またはまったくない（それ以外の人々）。非常に強力な呪文の一部はこれらのけだものの部位を必要とするため、それらが最も見つかりやすい場所について手短にまとめて紹介しよう。

グリュプス

グリュプスは黒海北岸の山岳地帯の国スキタイで発見された。この動物を最も詳しく描写したのは後二世紀のギリシアの著述家アイリアノスだが、グリュプス自身はそれより古くから存在していた。同様だがもっと古い描写が中東に見られたのだ。

　それらは狼くらいの大きさで、途方もなく力が強い。鳥のような翼を持つが、四つ足で歩く。脚とカギ爪はライオンのものに似ている。体は黒いが、胸の羽毛は赤い。翼は白い。[25]

　この鳥類はあまり上手に飛べないが、身体的には強いという。フィロストラトスはインドの賢者ラルハスの言葉を引用して、グリュプスは翼を持っているので象にも打ち勝てるし、しかも「ライオンのごとく強い」[26]、と述べている。力を求める者はしばしばグリュプスをシンボルに用い

グリュプスは実在したか？

現代の科学は、グリュプス（あるいはそれによく似た動物）は実在したかもしれないという結論に徐々に近づきつつある。

ここで紹介するのは、シベリアのジュラ紀に棲息した新種の基盤的新鳥盤類恐竜である。末端の後肢の周りに小さな鱗を持ち、尾の周囲ではそれより大きな鱗が重なり合い、頭部と胸部は単線維で覆われ、上腕骨、大腿骨、脛骨の周りはもっと複雑な羽毛様の構造をしている[27]。

言い換えれば、ジュラ紀には、グリュプスくらいの大きさで四つ足で羽毛のある、進化した翼を持つ生物種が存在したということだ。ヘロドトスも、エジプト人が「翼を持つ蛇」と呼んだ生き物の骨格を見たことを報告しており、おそらくその生き物には鱗も羽毛もあったのだろう[28]。3000年前の人々がそんな時代の生き物のことを知っていた理由は、憶測に任せるしかない。

17世紀ヨーロッパの木版画で描かれた気高きグリュプス。

たため、グリュプスはよく重装歩兵の盾にモチーフとして描かれた。体力や活力や決意を高めるためのお守りにも、この力強い生き物が描かれたことだろう。

グリュプスには特別興味深いことが二つある（二つ目はコラム参照）。一つ目は、この生き物にはライオンと鷲の要素が混じっていることだ（グリュプスを前半分が鷲で後ろ半分がライオンのキメラとして描いた中世後期の紋章は、古代の描写を単純化したものである）。鷲はゼウスとローマ神話でゼウスに対応するユピテルを象徴しているため、ローマ軍は鷲をシンボルとして掲げて行進した。一方ライオンはアナトリアの母なる女神キュベレを表している。ゆえに、鷲とライオンの性質を有する動物は、男性と女性それぞれの最も強い特徴を併せ持っていたのだ。

ハルピュイア

ハルピュイアは、一つの生物種というよりは一つの家族である。数は一〇匹程度で、黒海周辺の地域、グリュプスの棲息地のすぐ南に住んでいる。古代の著述家たちは、ハルピュイアを鳥と人間が混じった醜い生き物と描写している。偽ヒュギヌスとして知られる匿名の作家が、次のように魅力的でない描写をしている。「羽毛が生え、雄鶏のような頭をし、翼と人間の腕を持っている。人間の部分は乳房と腹があるので女性であり、大きなカギ爪もついている」[29]

突然獰猛に襲ってくるところから、ハルピュイアは暴風の化身であるようだ。鳥よりも速く飛び、人が突然不可解な失踪を遂げる原因とされる。たとえばホメロスは、「パンダレオスの娘たち」

前6世紀か7世紀の古代アッティカの花瓶に描かれた、駆けていくハルピュイア（好都合にも名前が書かれている）。

は婚礼の直前にハルピュイアに捕まって連れ去られた、と書いている。[30]

ハルピュイアは古代で知られるどんなものよりも速い魔術の輸送手段として利用された、との記述が時折見られる。「ハルピュイアに私をさらわせ、海を越えてイオルコスまで運ばせておくれ」とロドスのアポロニオスは書いた。[31] ハルピュイアは風の神アイオロスの支配下にあるため、危険ではあっても魔術師がそのように利用した可能性はある。

ハルピュイアはオデュッセウスと出会ったあと殺された鳥女セイレーン[32]と親戚関係はあるが、別の種類である。冥界の女王ペルセポネの侍女となったセイレーンにとって、死は終末ではなかった。彼女たちはこの世にとどまり、その美しい歌声で人を惑わした。現代では、セイレーン（Siren）の子孫である機械は依然として縁起の悪い存在である。といっても、パトカーや救急車の屋根に置かれたサイレン（siren）の声は、とても美しいとは言いがたい。

ドラゴン

グリュプスと同じくドラゴンも純然たる魔法の動物で、その力は実用的というより霊的なものである。普通、魔術の呪文にドラゴンの体の部分は用いられない。ドラゴンは数が少なく人里離れたところに棲息しているからだけではなく、ドラゴンの体から必要な部分を切り取るのがきわめて難しいからである。

それが持つとされる力や獰猛さゆえに、ドラゴンは古代ローマ後期に各地方でシンボルとして用いられた。「ドラコ」〔帝政末期にローマで使われた軍旗〕とは風でふくらむ筒状の布だったと考えられている。この象徴的な動物が初めて戦場に登場したところは、今でもトラヤヌスの記念柱に見ることができる。ダキアの戦士はドラゴンに鼓舞されてローマ人と戦い、ローマの兵士はその後ドラゴンをシンボルとして採用した。

ドラゴンはウェールズや中国など幅広い地域でその存在が報告されているものの、古代に知られていたのはドラコン・インドコス、「インドドラゴン」である。その中には非常に大きいものもいて、最大のドラゴンは先端の歯から尾までの長さが一四〇キュービット（およそ六四メートルまたは七〇ヤード）あったと言われる。このドラゴンはアレクサンドロス大王時代のあるイン

メデイアのドラゴン

よほど凶暴で強力な女性でなければ、ドラゴンほど強力なけだものは使いこなせない。それができるのはメデイアだけである。

9回の昼と9回の夜の間、彼女はドラゴンの引く車に乗り、［薬草を集めて］大地をさまよった。そして戻ってきた。ドラゴンに影響を与えたのはその薬草だけで、それは彼らに長年まとっていた古い皮を脱ぎ捨てさせた。[33]

メデイアはまたしても逃げ出す、今回はドラゴンの引く車に乗って。

アテナ（兜に描かれたグリュプスに注目）は、コルキスのドラゴンがイアソンをのみ込むところを心配そうに見つめる。その後メデイアはドラゴンを説得して彼を吐き出させた。

ドの王が所有していたとされており、アレクサンドロス大王もなんとかそのドラゴンを見ようとしたものの、結局は見られなかったという。

前八〇〇年頃のホメロス[34]から後二世紀のアイリアノスに至るまで、古代のさまざまな作家がドラゴンのことを書いている。中でも最も詳しく書いているのはフィロストラトスだろう。彼はドラゴンを三つに分類している――沼地のドラゴン（比較的小さな種類）、平地のドラゴン（猪程度の大きさ）、山のドラゴン（非常に大きく成長する）である。平地のドラゴンは魔術に活用できる、とフィロストラトスは示唆している。

> それらは赤く、成長すると背中が鋸歯状になり、鱗は銀のごとく輝く。この種類は頭を高くもたげ、顎髭のようなものを生や

『ホビットの冒険』のビルボになったギュゲス

プラトンもヘロドトスもギュゲスという人間の冒険譚を書いた。彼は山の下にある洞窟を探検しているとき、フィロストラトスが書いたようなドラゴンの頭蓋骨から取った石がはめ込まれた指輪を見つけた。この指輪を指にはめて回すと姿が見えなくなることに、ギュゲスは気がついた。似たような状況で同じような結果を生む指輪を見つけたホビットとの類似は、おそらく偶然なのだろう。

している。目の瞳孔は真っ赤な石のようで、それには異常な力があると言われている。それは秘密の目的のために用いられる。[35]

山のドラゴンも地元民に狩られた。「ドラゴンの頭には、花のように色とりどりで、さまざまな色合いに光る石があると言われている。これらの石は指輪にすると神秘的な力を発揮する」[36]巨大な魔術の力の宝庫を求めているなら、インドへ行って失われた都市パラクスを探すといい。パラクスは山の空洞の内部に築かれた巨大都市だ。男たちは幼少時からドラゴンハンターとなるよう訓練され、ドラゴンの頭を山のように集めて、その隠された都市の中央に保管したのである。

フェニックス

ポンペイのある宿屋の壁には"*Phoenix felix: et tu*"「幸いなるかな、フェニックスよ——そして汝も！」というモットーが掲げられている。

フェニックスという霊鳥が存在する。私はその鳥を絵でしか見たことがない。エジプトでも、途方もなく珍しい鳥だからだ。［聖なる都市］ヘリオポリスの人々によれば、フェニックスは五〇〇年に一度しか現れないそうだ。（後略）

私にはとうてい信じられないが、彼らは本当なのだと話す。ポイニクス（フェニックス）ははるばるアラビアから、没薬を塗った父鳥の死骸を運んで飛んでくる。そして死骸をヘリオス神殿に埋葬するのである。[37]

ヘロドトスはそうした絵を見たことがあると言う。実物をモデルにしたとされており、そこで描かれるフェニックスは鷲くらいの大

ポンペイのユクシサイナの食堂で発見された、幸運の鳥フェニックス。

きさで、羽毛は鮮やかな赤と金色をしている。大プリニウスもこの描写を裏づけている。

それは世界に一羽しかいないため、めったに見られない。鷲ほどの大きさで、全体は紫色だが、首周りの羽毛は鮮やかな金色である。尾は明るい青で、ピンク色がかった長い羽が交ざっている。胸には長い羽毛が生え、頭にはふさふさした冠羽がある。

元老院議員にして高名な学者のマニリウスはこの鳥について初めて記したローマ人で、非常に精密に描写している。（中略）この鳥は五四〇年生き、年老いたらカシア［香りのいい常緑樹］と香草の小枝で巣を作る。巣にかぐわしい植物を敷き詰め、その上に横たわって死ぬ。骨髄から小さな虫のようなものが生まれ、それが成長して幼鳥となる。この鳥が最初にするのは親の葬儀を執り行うことで、巣全体をヘリオポリスまで運んで太陽の祭壇に下ろす。[38]

フェニックスが自分自身の灰から再生するという話は、後世にベヌウというエジプトの霊鳥の話と合体してできたらしい。だが、この鳥が焼き殺された自分自身から再生するというイメージが定着すると、初期のキリスト教信仰との明らかな結びつきが生まれた。そのためフェニックスは再生と復活の象徴となった。

この象徴性は古代のお守りにも見られることがあり、現代の多くの保険会社も熱心に採用して

「汝自らの炎で自らを焼く用意をすべし。まず灰にならねば、どうして新たに再生できようか？」――ニーチェ『ツァラトゥストラかく語りき』より。

いる。一九世紀後期、アメリカの開拓者はアリゾナ州で先住民ホホカム族が残した遺跡の近くに入植地を作りはじめた。古典に関心を持つ一市民が、古代の遺跡から新たな都市が生まれるということから思いついてその場所をフェニックスと名づけるよう提案し、現在そこは人口一〇〇万を超える州都になっている。

第五章　闇の魔術からの防衛法

魔除け――神官用パピルス一枚か金や銀の薄板一枚を用意する［お金がなくて困っている場合は錫を使えばいい］。次のように記す。

KMEPHIS CHPHYRIS IAEO IAO OO

AIONIAEORAPHRENE（後略）

これらの名前のあと、自分の尾をくわえる蛇［ウロボロスの蛇］の図を描き、そうしてできた円の中に名前を書き入れる。そこにシンボルを加える。（後略）

そしてこの祈りを唱える。「私の体と魂全体を守りたまえ、［ここに名前を入れる］」この魔除けを清めて身につける。これは神霊、幽霊、そして［魔術で生じた］病気や苦しみから身を守るものである。[1]

古代世界での生活は危険にあふれていた。完全な健康体の若者が病気になって数日で苦しみながら死を迎えたり、老人がなんの前触れもなく急に死んだりした――ユリウス・カエサルの父親はある日靴を履こうと屈み込み、そのまま二度と起き上がらなかった。

自分の尾をくわえる蛇ウロボロスは、鰐の上で玉座についた神セラピスを囲んでいる。

そのようなことが「理由もなく起こる」のを、人間の心はそう簡単に受け入れられない。誰かが予想もしない死を迎えたなら、何か理由があるに違いない。虫垂破裂や重度の心臓発作についてほとんど知らない世界では、考えられるのは単純な説明だった——闇の魔術である。

ひとたび原因が判明したなら、探求心のある人々はその魔術がどのように作用したか、正確なところを知ろうとする。人によって、探求の動機が崇高なもの——闇の魔術の仕組みを突き止めてそれを避ける方法を知る——ということもあれば、もっと邪悪なこともある。罪のない人々は、どんな悪意ある卑劣な呪文から身を守るべきかを知らねばならない。だが当然ながら、中にはそうした呪文を自分でも使いたがる人間もいる。

「標的魔術」と呼べるもの（第三章で見た呪いや敵対的呪文など）と同じく、誰彼かまわず被害者を任意に選ぶ種類の魔術にもかなりの悪意がある。暴走した荷馬車に轢かれたり狂犬に噛まれたりするように、単に間の悪いときに間の悪い場所にいるだけで冷酷な魔術の力の被害者になることもある。こうした力は避けねばならない。伝染病や泥棒や凶暴な動物に用心するのと同じだ。

そのため闇の魔術を避ける反撃呪文やお守りを売る小規模な業界が存在した。家を悪意ある魔術の影響から守るのは、家事の一部だった。

安らかに眠れぬ死者の日々

二〇世紀の行動心理学者B・F・スキナーが行った実験は、鳩に迷信を植えつけることは可能であることを明らかにした。[2] 動物はパターンを感知するようにできているからで、これは人間という動物に特に顕著である。ひとたびパターンが確立したら、確証バイアスが仕上げをしてくれる。一三日の金曜日が不吉だと信じているなら、その日には他の日なら無視するような些細な不運にも気づくことが多い。迷信に影響を受けたこういう見方自体が迷信を裏づけることになり、結果として一三日の金曜日は必ず不吉であるという確信がますます強くなるのだ。

ローマ人は、軍隊が重要な戦いに負けた日を「ディエス・ネファスティ（不吉な日）」と呼んで、公的行事を行わなかった。イデス（"Ides"その月の一三日または一五日）もネファスティだった。したがって、暗殺者なら、たとえば三月のイデスがユリウス・カエサルを殺すには適していないことはわかっておくべきだった。事実、この暗殺は悪い結果をもたらした。被害者にとって災いだったのみならず、その事件に引き続いて起こった内戦で暗殺者のほとんどは一〇年以内に死んだのである。"Ides"のあとの日々はかなり危険だとも考えられていた。

広く知られる「ディエス・アルティ（不運な日）」というものもあった。そういう日には決して新規の事業を始めず、物事の始まりの神ヤヌスの名を口にしないよう気をつけた。妊娠を生じさせるリスクがあるため、セックスは危険な行為だった。結婚したり長旅に出たりするのは論外だった。不幸な結婚で悩む者は、結婚記念日が六月二四日、一〇月五日、または一一月八日かどうかを確認する必要があった。ローマ人は、そういうときには冥界の門が開き、ありとあらゆる悪霊が出てくると信じていた。同じ理由で、ローマの将軍は避けられるのならそういう日に戦闘を行わなかった。

実際、幸せな結婚をしたいなら、五月全体を避けるのが最善だった。「悪い女は五月に結婚する」オウィディウスはそう言い、次のように付け加えた。

その日、我が先祖たちは寺院の扉を閉めた
そして扉は今日も閉まっている、
死者にとって神聖であるこの季節に。
未亡人でも生娘でも、今は結婚する時期ではない
結婚する者は長生きしないだろう。[3]

五月はおそらく一年で最も不運な月なのだろう。ローマの語源学研究者の一部は、"May" はラテン語で「祖先」

自由のシンボル――ユリウス・カエサルの暗殺者たちが発行したこの硬貨は、新たに解放されたローマの奴隷がかぶっていた帽子と、その両脇に短剣を描いている。

を意味するマイオレス（*Maiores*）から来ていると考えた。五月は死者が崇められる月だからだ。五月は酒を飲んで裸になって騒ぎ回る春の祭フロラリア（*Floralia*）で陽気に始まる。だがヌンディナエ（*nundinae*）――その月の最初の市が立つ日――が過ぎると徐々に不吉になっていく。

最悪の日は九日、一一日、一三日である。これらの日はとてつもなく不吉なので、ローマ人はレムリアと呼ばれる一連の儀式を執り行い、好ましくない悪霊を攻撃して退治しようとした。レムリアでは、家に憑く「善良な」霊に家とその中にいる人々を守るよう頼み、一方さまよえる霊には敷地から出るようやんわり促す。混乱してさまよう霊のそばには、家に侵入して悪さをしようと企む悪霊がいたからだ。

この清めの儀式は五月九日の夜六時に始まった。「家の長」はラレース（家の守護神の像）の前できれいな水で三度手を洗い、儀式を開始した。彼は、霊がつきそうな結び目や留め金や紐のついていないチュニックを着ていた。履物にはたいていこうしたものがついていたため、足は裸足だった。

彼は豆（豆は少々超常的な力を持つ野菜だった）を口に含み、望ましからぬ霊たち（レムレース）が潜んでいそうな場所に向けて吐き出した。口に含んで吐き出すのは、いちじく（フィクス[*ficus*]）人差し指と中指の間から親指を突き出した形の握り拳）のシンボルを作るため両手を空けておく必要があるからだ。このジェスチャーは偉大なる豊穣の女神マグナ・マテル（正確には「彼女のクリトリス」の意）を召喚するもので、のちに十字架が吸血鬼に効果を持つようになるのと同じく、これはレムレースに効果があった。

　豆はレムレースに支払う一種の身代金だった。こうして悪霊が姿を現すと、取り憑くならほかにもっと居心地のいい場所があると思わせるため、家のほかの者たちが鍋や釜を叩いた。狼のように吼えたい者は、居心地悪い雰囲気をさらに強めるために吼えても良かった。

　家の各階で悪霊祓いが行われたあと（非常に念入りな人々はこれを九回繰り返した。九は三×三で魔術の数字である）、次に家を上から下まで掃除して、取り憑いた悪霊をあらゆる場所から追い出した。儀式のこの部分は現在でも別の理由でとても良いことであり、だからこそ今日、欧米で「春の大掃除」は各家での伝統のようになっているのだ。

　幽霊がその家に特別な関心を持っている場合、追い出すのはぐんと難しくなる。たとえば、皇帝ネロは実の母親に取り憑かれていた。「彼は魔術師に秘儀を行わせ、母親の霊を召喚させた。そうして母親の怒りを鎮めようともしたのである」そう語るのは伝記作家スエトニウスだ。[5] スエトニウスは、

さまよえる霊

　特に追い払うべきなのは、死んでもきちんと埋葬してもらえず、居着けそうな家を探して野良猫のようにさまよう霊である。

> 命が尽きて肉体を離れた人間のアニマ［霊魂］も「神霊《ダイモーン》」と呼ぶ。（中略）そういう中でも子孫に祀られている霊は存在し、それらは「ラレース」（「家の神」の意。ただし「神」という呼び方は単なる尊称にすぎない）と呼ぶ。しかしそれ以外の霊は（中略）家を与えられず、特に目的もなくさまよっており、いわば放浪生活を送っているのだ[4]。

古代の住宅警備員——ポンペイの壁に描かれたラレース２体と蛇１匹。

母親に取り憑かれるのを避ける最も簡単な方法はそもそも母親を処刑しないことだ、という明白な指摘は行わなかった。

正直な人々は歓迎されざる埃や幽霊を家から一掃しようとするのに対して、魔女など魔術を使う人々はレムリアの期間を好んで墓場や交差路で過ごした。自らの邪悪な目的のために、これら迷える霊をスカウトしたかったのだ。

悪霊祓い

迷える死者が住処として求めたのは家だけではなかった。彼らは人に取り憑くこともあった。これは明らかに反社会的な行為なので、こうした霊は「死霊」「悪霊」と否定的な呼ばれ方をし、いかなる手段を用いても追い払おうとされた。その仕事に最も向いているのはユダヤ人祈禱師だというのが、衆目の一致するところだった。おそらく超自然的な存在にとって、多神教の「誰でも歓迎」という態度よりもユダヤ教の排他的な性質のほうが、居心地悪かったからだろう。

我が種族の男エレアザロスが［皇帝］ウェスパシアヌスの御前で男たちの体から悪霊を追い払うところを、私はこの目で見たことがある。それは、皇帝の息子たち、千人隊長、その他多くの兵士の前で行われた。

彼はこのように術を行った。まず悪霊に憑依された者の鼻に指輪を近づけた。指輪の印章の下には、ソロモンの処方箋に従って用意された薬草の根が置かれた。においに引かれて悪霊が鼻孔から出てくると、エレアザロスは引っ張った。そして被害者はすぐさま倒れるのだった。[6]

この時かその直前、祈禱師は直接悪霊に語りかけた。霊の名を知ることは重要だった。そうすれば憑依の性質がわかるからだ――悪霊によるものか、財産を奪われた霊によるものか、あるいは恨みを持つ霊によるものか。霊の種類が特定されれば、被害者の体が将来同じ霊に再び憑依されるのを防ぐための、もっと精密な儀式を執り行うことができる。

魔術パピルスの中の短い呪文にも同様に、においと、取り憑いた霊の名前を知ること、という組み合わせの重要性が見られる。「硫黄と瀝青《れきせい》を憑依された者の鼻に押しつけながら悪霊の名前を口にすれば、悪霊は叫んで去っていく」。[7] しかし派手に儀式を締めくくるのが好きなエレアザロスにとって、悪霊がただ去るだけでは十分でなかった。

自分に治癒力があることを誇示するため、彼は数歩離れたところに、水を満たした杯か鉢を置いた。悪霊が体を離れると、彼は霊に容器を引っくり返すよう命じた。するとそのとおりに行われ、見物人たちは霊が本当に去ったことを知った。[8]

問題は、悪魔や迷える霊や悪意ある幽霊だけではなかった。闇の力から人を守る者は、人間についても心配せねばならなかった。

「邪視」

「邪視」という現象は古代世界の迷信や魔術の話によく登場するが、邪視が実際には何かというのはあまり明白にはわかっていない。その核となる考えは、悪意ある人間の視線は害をなすことができるというものだろう。しかし「邪視（Evil Eye）」という用語は近代のものだ。古代ギリシア人もローマ人もそのような表現を用いていない。彼らは邪悪という抽象的な概念を具体的な悪事と区別しなかったのに対して、近代的な用語では、実際に悪いことをしなくても「邪悪」と

アッシリア発祥の呪文

アッシリア人は、すべての病気は邪心が人の体を乗っ取った結果だと考え、浄化して苦しみを癒すためのさまざまな儀式や悪霊祓いの呪文を編み出した。古代都市ニネヴェの有名なアッシュールバニパル（アッシリア王、前668～627頃）の図書館で考古学者が発見した、ある粘土板に書かれた悪霊祓いの呪文は、次のような不吉な言葉で始まる。

邪悪な呪いは悪魔のごとく一人の男に憑く
男には荒れ狂う声がつきまとう
邪悪な呪いは大きな災難
邪悪な呪いは子羊のごとく男を殺す
彼の神は彼の頭上から去る
彼の女神は彼のそばで怒ってたたずむ
荒れ狂う声はマントのごとく男を覆い、彼を連れ去る[9]（後略）

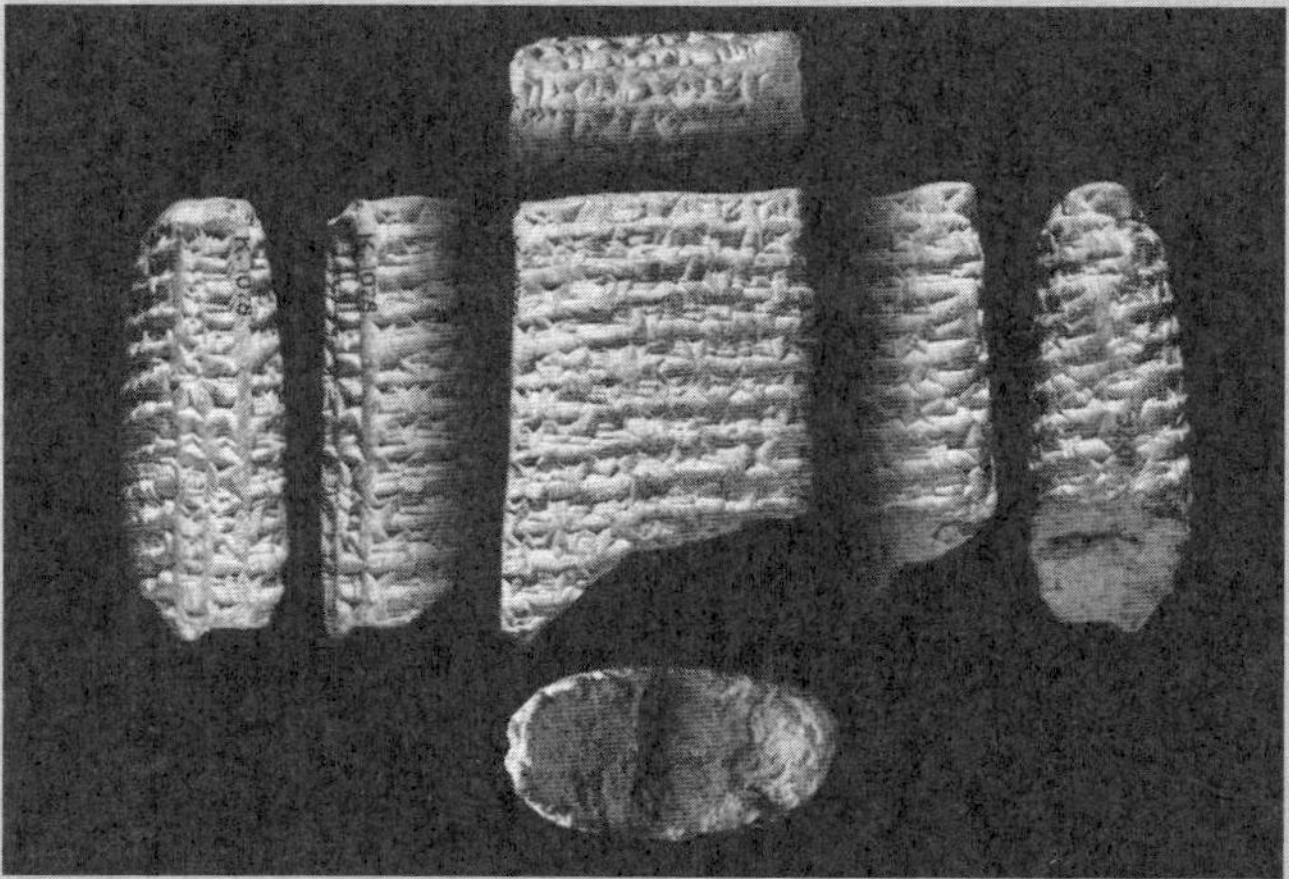

悪魔祓いの板。

考えられることがある（いずれ悪いことをするとわかっているだけだ）。

　それでも古代人が「邪視」の概念を信じていたのは間違いなく、彼らは分析的な性質ゆえに、自分たちが話題にしているものを類別しようと試みた。この話題に関する古代の議論で非常に優秀なものの一つは、伝記作家・聖職者・哲学者のプルタルコスによる『モラリア』に見られる。彼は同僚の一人メギステスとの会話を記録している。メギステスが「人が視線のみで傷つけられることは可能だ」と述べ、どうやったらそんなことが起こるのかと尋ねると、プルタルコスは答えた。

> 人が自分の見たものに影響を受けることについては誰も反論できない以上、人が自分の見たものに影響を与えるのも事実ではないだろうか？　美しい人の視線は、すぐさま見られた者の情熱の炎をかき立てないだろうか？（中略）影響を受けた心は体に働きかけないだろうか？　悲しみ、恐怖、怒りは人の顔色を変え、嫉妬は人の心を醜く歪めて体を胆汁で満たす〔かつて陰気や憂鬱は胆汁が原因と考えられていた〕。嫉妬する人間が相手に視線を据えたなら、相手が彼の悪意を引き出すことはないだろうか？　このようにして、見られた者は傷つくのである。

同僚のガイウスもこの意見に同意する。

嫉妬深い人々は不穏で有害な性質を帯びた力を放出し、その力が相手の体や心を傷つける、と哲学者たちは考えている。[10]

もちろん、現代に住む我々は視線だけで人に害を与えられるとは思っていない。それでも「目つきで人が殺せるなら」や「悪意を込めてにらみつける」といった表現は、その根底に流れる考え方を今なお理解していることを示している。今日、一部の人々は「有毒な」人物と呼ばれる。あたかも彼らの存在そのものが周囲の空気を毒で汚染するかのように。ギリシア人やローマ人は、そういう考え方をもっと文字どおりに解釈していたのだ。

「邪視」を最もよく避けるお守りはファスキヌスである（悪意あるまじないを唱えることはラテン語の動詞で"fascinare"といい、それが英語の"fascinate"（「魔術をかける、魅了する」）の語源）。ファスキヌスがどのようなものかを知りたければ、人類の半分は今度裸になったとき下を見るだけでいい。ファスキヌスが男根を正確に模しているのは驚くべきことではない。古代ローマ人は男性器を健康と生殖の源だと考えていたため、当然ながらそこが嫉妬深い人間の視線で最も傷つきやすい部位だと思われていた。魔力を用いて、（邪視の持つ悪意ある力には）実物以上にリアルに見えるように作られた人工男根は、いわば心理的避雷針となり、嫉妬深い視線の最悪の影響を誘引して吸収してくれる。

そのため、またローマ人は男根を自然の恵みの象徴と考えていたため、古代ローマ社会では男

シリアのアンティオキアの家で見つかった「邪視」。碑文は「［汝の視線は］汝に返る」と読める。

性器を描いたものが、現代なら非常に不適切だと思われる状況にも見られた。たとえば、非常に幼い女の子にしか合わないであろう大きさのファスキヌスをつけた宝飾品が発見されている（いわば「自然のライバル」を持たないため、ファスキヌスは女性が持つとさらに効果的だった）。それとは対照的に、男性数人がかりでないと持ち上げられないほど巨大な男性器がパレードで堂々と披露された。ランプの飾りや、鐘をつけたウィンドチャイムにも、男性器が用いられている。

　古代ローマではほとんどすべてのものに神が存在した。だから、男性器に守護神ファスキヌスがいるのも

鐘をつけたファスキヌスはティンティンナブルム（tintinnabulum）（「男根型魔除け」）と呼ばれる。この立派な一物はポンペイで発見された。

当然だろう。ローマ人はこの神をよくバッカスやプリアポスと結びつけて考えたが、ファスキヌスの起源はローマ設立時にまでさかのぼるという説もある。ファスキヌスが守る対象は、子供（子供は子を持たない者によく妬まれるので）のみならず、社会階層のずっと上、ローマ人の中で最も妬まれる者すなわち凱旋将軍にまで及んだ。

> ファスキヌスは幼児だけでなく将軍の守護神でもある。（中略）ファスキヌスはローマの凱旋式において勝利した将軍の戦車の中に掛けられる。それがそこにあるのは、主治医のごとく嫉妬の悪影響から彼らを守るためである。[11]

ファスキヌスを祀る社《やしろ》はない。その代わりにローマ人は、男性器の形をした神の世話はウェスタの処女たちに任せるのが最適だと考えた。

お守りは悪意ある呪文から身を守るのに役立つが、ローマ人は常にそれ以外のさまざまな予防策も取っていた。たとえば、茹で卵やカタツムリを食べたあとは、殻を砕く習慣があった。割る音がしたら、その近くに存在する悪意ある魔力は、自分たちの破壊工作が成功したと思い込むのだ。壺を叩き割るという派手な行為も、同じ効果をさらに強力にもたらした。この考え方は現代にも残っている。とりわけ厳粛な乾杯を行ったあとグラスを割るのは、伝統的な習慣である。

古代世界の市民が使えた、魔術へのもう一つの対抗手段は、素直に犯人を告訴することだった。あらゆる社会階層のギリシア人やローマ人は、犯罪者が闇の魔術を積極的に採用することがあると強く信じており、それは立法者たちも同じだった。彼らはまた、お守りや反撃呪文もそれなりに効果はあるが、魔術を抑止する力が何よりも強いのは執政官が正式に発した法的命令だと信じていた。

ローマ最古の法典の一つに十二表法があり、公式には前五世紀に成立した。その第八表は、マルム・カルメン（*malum carmen*）（悪意ある呪文）を唱えること、魔術を使って穀物をある者の畑から別の者の畑へ移動させること（大部分の人間が農業で生計を立てている時代に、これは深刻な問題だった）を禁じている。大プリニウスは、この法律が悪用される明らかな可能性を述べている。[13]小自作農地を持つ一人の男性が、豊かな収穫を妬んだ隣人から告発された。告発は、被告の畑がそれほど豊作なのは隣接した畑から魔術で作物を呼び寄せたからにほかならない、と

月経中の女性を助けるための、ビザンティン時代のエジプトの魔術のお守り。赤鉄鉱でできているのは、出血を止める効果があると信じられていたから。

論じていた。陪審員が採決を行う前に、被告の自作農夫は、よく手入れされた道具、訓練の行き届いた労働者、肥料の賢明な使用といった魔術のように素晴らしい技量を披露した。訴えは却下されたが、この例でわかるとおり、告訴は違法な魔術への対抗手段として非常に強力な武器なのである。

前一世紀、独裁官スッラは、現行の法律制度は緩すぎると考えた。彼自身は予言を信じて神の恩寵を求める傾向があったものの、既に長かった粛清者リストに魔術師を加えることにした。彼は明確な法律を定めた。

> 魔術を知る者は「闘技場の」野獣の中に投げ込まれるか十字架にかけられるものとする。実際に魔術を使う者は生きたまま火あぶりに処す。魔術の本を家に置いてはならない。そのような本が発見された場合、本は公の場で焼かれ、その他の財産は没収とする。本の所有者は、上流階級であれば島流しにし、それ以外は処刑する。
> 魔術を知ることも、ましてやそれを職業や商売として実行することも禁ずる。医学的な理

由で薬 *pharmaka* を与えられてその治療の結果死んだ者がいたなら、薬を与えた者は、上流階級であれば島流しにし、それ以外は処刑する。[14]

もしもあなたが魔術師なら、貴族階級の魔術師のほうがいいのは明らかだ。

五〇〇年後に編纂されたユスティニアヌスの『学説彙纂』に、この法律に対する興味深い解説を見ることができる。[15]後世の法律家は、一般的に魔術師の排斥には満足しているものの、患者の健康や幸福のために作られた薬と殺す目的で作られた薬とを注意深く区別しているようだ。この法律はまた、薬に害がないようにするのは薬を作った者の責任であるとし、薬に悪い副作用があった場合には法的措置が取られると定めていた。

こうした禁止事項によって、古代ローマにおける魔術の手引書を後世入手することは不可能になった。それでも、ローマ人はギリシア人と同じく当局の命令を無視するのが普通

侵入の呪文

雄の鰐のへそ、黄金虫の卵、狒々《ヒヒ》の心臓を用意する。これらを藍玉色の錫釉陶器に入れる。そして扉を開けるために容器を錠に近づけてこう唱える。

「Thaim Tholach Thembaor Theagon Pentatheschi Boeti よ、深淵なる力を持つ汝、道が開けるよう、我にその力を与えよ。我は Sauamboch Mera Cheozaph Ossala Bymbel Pouo Toutho Oirerei Arnorch と唱えるなり」[12]

あるいは鍵を使うという手もあるが……

だったことを示す証拠は、現在大量に存在する。彼らは、魔女や魔術師に大金を払って魔術や反撃魔術を行ってもらうことをやめなかった。

そもそも護身のためのものであるお守りは、禁止される魔術に含まれなかった。そのため、お守りの作り方は数多く残されており、お守り自体が残ったケースもある。興味深い一例は最近ルーマニアで発見されたもので、魔術の記号と、呪文が呼びかけている神霊を表すらしい大ざっぱな絵が描かれている。このお守りはファスキヌスのように呪文を吸収するのではなく、呪文の向く先を変えるように作られたらしい。銘文はこのように読める。

この地で私につきまとう悪魔よ、立ち去れ！
その代わりにユリア・キリーラの家に取り憑くのだ
私のために。さあ、今すぐに！[16]

また、治療目的で使われたお守りもある。しかし、そのお守りが苦しむ者を治すためのものか、問題を引き起こしている有害な霊や呪文に対抗するためのものかは、定かではない。おそらく両方の解決が試みられたのだろう。ある種の鉱物や結晶の持つ癒しの力への信仰は現在も続いているのだから。ローマ時代、赤鉄鉱は肝臓の痛みに有効だと考えられた。疲労を防止して活力を与え、関節炎から守ることを意図した赤鉄鉱のブレスレットが、二〇一八年にAmazon.comに出品されているのが発見されている。
すべての人がお守りの効力を信じていたわけではない。アテナイの偉大な政治家ペリクレス（前四九五頃〜四二九）は疫病にかかったとき、訪れた友人に家の女たちが彼の首に掛けたお守りを見せ、そのような愚かな行為を許したのなら、自分はよほど容体が悪化したのだ、ということを示したのである。[17]

儀式の実行中に魔術を使う者の身を守る魔除け

これまで魔術を使う危険を紹介してきたので、有望な魔術師には、魔術を実践するとき有効な防護策を教えておくべきだろう。

魔術を行う際には、これ［お守り］を驢馬の皮で作った紐に通して身につけよ。お守りは銀を巻いたもので、青銅の尖筆で百文字［この銘文は、内部的に繰り返しがあるため実際には百二十二文字で構成されている。もともとどういう意味だったのかは知る由もない］から成る名前を刻み込まねばならない。

ACHCHORACH
ACHACHPTOU

MICHACHCH
OCHARACHO
CHCAPATOU
MECHORASH
ARACHOCHAP
TOUMIMECHO
CHAPTOUCHA
RACHPTOUCH
ACHCHOCHAR
ACHOPTENAC
HOCHEU[18]

第六章　未来の予見

予兆は未来の出来事を知らせるもので、ある種の人々はその予兆を認識し、実際に起こる前に出来事を予言することができる。どれほど上品で教養があろうと、どれほど粗野で無知であろうと、そのように考えない人を、私は知らない。[1]

未来を予見するのは、昔のほうが簡単だった。なぜなら、古代人にとって未来は過去と同じく不変だったからだ。物事は起こるべくして起こる。自由意志を否定しているのではない。人は単に、あらかじめ定められた道を自ら進んでいく。人は選ぶことができるが、運命は人が何を選ぶかを知っているのだ。

ギリシア神話では、オイディプスの物語がこのことをよく実証している。実の父を殺して母と結婚する運命にあった子供がそれを実現したのは、関係者がそれを阻止するために過激な措置を自発的に取ったからである。予言を知った父親は、生まれたばかりの息子を山中に捨てるよう命じた。ところが赤ん坊はコリントス王の養子となった。オイディプスは実の父親が誰か知らないまま、父親に出会って口論の末殺してしまい、その未亡人と結婚した。最初から実の父親が誰か

死神と魔術師の寓話

この寓話がいつ最初に登場したかはわからないが、古代なのは間違いない。基本的なテーマはオイディプスの物語と同じ――避けられないことを避けようと奮闘すればするほど、その実現に向かって動いてしまう、というものだ。

ある日、ダマスカスのある魔術師が市場にいるとき、仲間の1人が不慮の事故で死んだ。魔術師はその事故を目撃した。魔術の力を持つ彼は、死神が被害者を連れに来たのも目撃した。死者を連れ去る直前、死神は立ち止まり、魔術師をしげしげと見つめた。

死神が興味を持ったのは自分の死も近いからだと悟って、魔術師はうろたえた。見つけられる中で最も足の速い馬を借り、死に物狂いで走らせて逃げた。一昼夜止まることなく馬に乗り続け、ついにアンティオキアに到着したが、そこで疲労のあまり倒れて死んでしまった。

死神が自分を連れ去りに来たのを見た魔術師は言った。「おまえがダマスカスで私を見つめたときから、おまえが来るのはわかっていたよ」

「実は」死神は正直に話した。「見つめたのは戸惑っていたからだ。今日アンティオキアで会うと知っていたから、あんたがどうしてダマスカスにいるのかわからなかったのさ」

皮肉にも、現代ではこの物語は人工知能による予測モデルのパラダイムになっている[2]。

わかっていたなら、オイディプスはおそらく平穏な人生を享受しただろう。だが、運命から逃れるすべはなかったのだ。

現代の予言装置たるコンピューターなら、今後を予測するのに未来の無数の可能性を検討せねばならない。けれども古代人は、一つの定まった未来だけを信じていた。そのほうが物事は簡単だった。どんな未来であっても、未来が一つしかないのなら、唯一の問題は（大きな問題ではあるが）それをどうやって知るかである。それは困難だが不可能ではない。人間は時間を出来事の連続として捉えているが、人間以外の存在（死者の霊）やほとんどの神々は時間を一種の巨大で完全なフローチャートとして見ている、と古代人は信じていた。「現在」はそのフローチャートの上で動いている一つの「点」である。

したがって、人間が未来を前もって知る方法の一つは、時間という枠の外にいて既にその未来を知っている者と話すことだった。これまで見てきたように、そうした存在と連絡を取る方法はいろいろある（とはいえ、こうした存在に協力してくれるよう説得するのは、これもまた難題である）。二つ目の方法は、未来を見る能力を持つ人間と連絡を取ることだった——今でもそうだ。このアプローチの問題は、ペテン師やいかさま師と本物を見分けるには予言が実現するかどうか確かめるしかないが、たいていの場合そのときにはもう遅すぎるということだ。

三つ目の方法は、自らそういった能力を身につけることである。古代人にとって、宇宙とは全体が関連し合って一つにまとまった存在だった。今日では、たとえばソーシャルメディアで盛んに連絡が取られ、酒屋が大量の注文を受けたら、その夜ビルの家でパーティが行われることがわかる。同じように、古代では、火星が白羊宮（おひつじ座）に入り、鶴が北西から南東へ飛んだら、リキニアが産むのは男の子だとわかる。あらゆることは関連している。問題は、どうやって点と点をつなぐかということだ。

古代人は未来を予言するさまざまな方法を編み出した。本書でも少し占星術を論じるが、この話題は古代の魔術であるのと同じくらい現代の魔術（それを信じる多くの者にとっては「科学」）でもあることに留意していただきたい。予言の手法は二〇〇〇年経ってもそれほど変わっていないものの、星占いというのは完全に現代のものである。Instagram や Snapchat は毎日の星占いをユーザーのスマートホンに送っているけれど、それを「古代の魔術」と呼ぶのは正しくない。

黄道十二宮や、それと惑星やオリュンポスの神々との関係はよく知られていて、現代のほとんどの西洋人は自分の生まれた星座やその星座の性格の傾向を知っている（「私は星占いを信じない、だって我々さそり座の人間は生まれつき疑い深いからね」）。現代と古代との唯一の重要な違いは、古代人は生まれたときの上昇宮にも誕生宮と同じくらい注目するという点である。そのため、前六三年の九月半ばに生まれた皇帝アウグストゥスは、現代の基準では彼の誕生宮である処女宮（おとめ座）であるにもかかわらず、上昇宮である磨羯宮（やぎ座）をシンボルに採用した。

大昔からあるが同時に非常に現代的でもあるこの占いに興味を持つ人のための教科書はよりどりみどりだが、ほとんどは直接的あるいは間接的に、クラウディオス・プトレマイオスの『テト

上：ガイアは4人の子供（四季）とともにゆったりと座り、永遠の神アイオンは十二宮図に囲まれた天球の中に立っている。

下：皇帝アウグストゥスは磨羯宮を自分の個人的なシンボルとした。これはまた、彼のお気に入りの軍団、第2軍団アウグスタのシンボルにもなった。

これがあなたの運命です、若きアウグストゥス

皇帝アウグストゥスは、貴族ではあるがあまりぱっとしない家に生まれた。彼が将来偉大な人間になる最初の兆候は、ある占星術師に相談したことから明らかになったとされる（ただし皮肉屋の歴史家たちは、アウグストゥスは宣伝活動に非常に長けており、この物語は彼が皇帝になったあと初めて公になった、と指摘している）。

［若い頃］アポロニアに隠遁していたとき、アウグストゥスとアグリッパは占星術師テオゲネスに相談しに行った。最初に占われたのはアグリッパで、彼は想像を絶するほど偉大で幸せになると予言された。自分の運命はそれより劣るのではと恐れたアウグストゥスは、執拗に自分の誕生日を隠そうとした。何度も尋ねられたのち、彼はしぶしぶ、ためらいながら誕生日を教えた。

［占いをするやいなや］テオゲネスは［世界の支配者として］アウグストゥスの足元にひれ伏した。占星術で明らかにされた運命を信じたアウグストゥスはそれを公にし、自分が生まれた星座であるやぎ座を刻印した銀貨を発行した[3]。

ラビブロス』をもとにしている。この占星術に関する名書は後一七〇年に著され、以来何度も出版されている。英語で読みたい場合は、ローブ・クラシカル・ライブラリー発行の、ギリシア語の原典と英語の対訳が載ったフランク・エグレストン・ロビンズによる英訳がお勧めだ。この作品に「秘密の」や「禁断の」といった章が含まれている書物には用心すること。それは現代の創作である。

占星術は、古代人が未来は変えられないと信じていたことを裏づけている。惑星や星座の動きは変わりそうにない。これらの動きは星々の下で暮らす人間に影響を与えているため、人間の未来もそれほど変わらないということになる。あらゆる古代の占いの根本原理である。

神託所

神託所は古代世界における万能のコンサルタントだった。古代には多くの神託所があり、一つ一つが、正確さ、明瞭さ、あるいは占いの種類などで評判を得ていた。神託所にはあらゆる社会階層の人間がさまざまな理由で相談に行った。自分の国が計画している戦争は今後一〇年間の世界の地政学的様相を変えるかどうか知りたい？　神託に訊いてみろ。二番目に高級な寝室からなくなった毛布がどうなったか知りたい？　これも神託に訊いてみろ。

神託所はどれも同じように機能した。神託の知恵を求める客は清めの儀式を行う（それには普通、客の財布から不浄の

アテナイの王アイゲウスはデルポイの神託所に、自分には息子ができるかどうか尋ねる。答えは「ワインの皮袋を緩めるな（中略）緩めたなら汝は悲しみゆえに死ぬ」。のちに彼が酔ったときに授かった子供は、彼が悲しみゆえに死ぬ原因となった。

巻き物を持つ巫女。古代人は、女性は男性よりも優れた予言者だと信じていた。テイレシアスすら、ヘラの呪いのおかげ（？）でしばらくの間女性として過ごした。

金を取り除いて浄化することも含まれていた）。そのあと神聖な区域に連れてこられて質問をする。質問はたいてい神に直接なされたが、答えは人間たる巫女の口を通じて与えられた。神の知恵を求める人間が行わねばならないのはある程度の浄化だったが、神の知恵を伝える者はもっと徹底的な浄化を必要とされた。だがそれは当然だろう——人が神の操り人形となるのなら、神は清潔な人形を要求するはずだ。

古代の歴史の大部分において、神託所は効果的な助言の源だった。もっと懐疑的な時代の人間には少々奇妙に聞こえるかもしれないが、理由はきわめて世俗的なものだった。最も有名な神託所、デルポイの神託所を例に考えてみよう。

古代ギリシア人によれば、デルポイは「世界のへそ」だった。自己中心的なローマ人すら、それには反論しなかった。彼らの知る限り、世界の端とはデルポイからどこもだいたい同じ距離にあったのだ。そのため、険しい山脈の真ん中にあるにもかかわらず、古代世界の人々はあらゆる場所からデルポイを訪れた。四年に一度デルポイはピュティア大祭を開いていたため、なおいっそう人が集まった。これはオリュンピア大祭に次ぐ威光を誇るスポーツ大会である。

デルポイ生まれの貴族は、あらゆる地域のあらゆる階層の人々と交流した。その結果、もっと視野の狭い訪問者たちをはるかにしのぐ幅広い知識を身につけたことだろう。ギリシア人は元来政治議論が好きなので、晩餐会を主催するデルポイ人なら、一週間のうちに同じ問題が多くの異なる、しかし同じくらい見識豊かな視点から論じられるのを耳にしただろう。

貴族にはギリシア人女性も含まれており、自分の息子や娘を結婚させねばならないので、デルポイの女性はほぼ間違いなく夫と同じくらい社会問題や政治問題に関心を持っていた。ピュティア（神託を行うアポロンの女神官）はそのような女性だった。彼女の仕事が成功するかどうかは、世界の問題に対する豊富な知識にかかっていた。そのようなピュティアが直観によって神託を告げるために必要なのは、抑制を解き放つ薬品を適切に組み合わせてリラックスすることだった――ただし、リラックスしすぎて、ほぼ無意識のうちに関係ある情報をすべてつなぎ合わせることができなくなってはいけない。その後は自分の意見を述べるだけで良かった。彼女は教養あ

このイタリアのターラントで出土した後4世紀の花瓶で描かれているように、デルポイでのピュティアへの相談では、巫女は衝立の後ろに座っていた。

るギリシア人なので、普通その意見は詩として告げられた。物事が予言どおりに進まなかった場合も神託が間違っていたと思われない程度に、曖昧な言い方にせねばならない。それは細心の注意を払って行う必要がある。誰でもピュティアになれたわけではない――応募できたのは、非常に頭の回転が速く、知識が豊富で、何よりもきわめて自信のある候補者だけだった。

以下に紹介するのは、戦争に行っても大丈夫かどうか知りたいと思った男性への答えとして与えられた、慎重に練られた曖昧な神託である。どういう意味か考えてもらいたい。"Go return never die in war"［オリジナルのギリシア語はもっと気品ある文体で書かれている］。この予言は "Go, return, never die in

エチレンによる予言

トランス状態に陥るのに、ピュティアには少々助けとなるものがあった。後1世紀の伝記作家プルタルコスによれば、それは「岩の深い割れ目から立ち昇る気体」だった。ピュティアの施設のそばにある岩を現代に調べたところ、エチレンという気体の痕跡が発見された。低濃度のエチレンには軽い麻酔のような効果があり、ぼんやりと夢を見ているような感じになる。

エチレンの魔術のような効果を自分でも試したいなら、熟しはじめたばかりの果物の入ったビニール袋に数本のバナナを入れ、劇的な変化を見てみるといい。バナナは自然にエチレンを放出し、それが植物ホルモンとして、ほかの果物の熟成をスピードアップするのである。

巫女は薬でトランス状態にさせられて意味不明なことをつぶやき、それを神官（この19世紀の絵で後ろに潜んでいる男たち）が「通訳」した、というヴィクトリア朝時代の考えは、現代の研究によって否定されている。

献酒を注ぐ予言の神アポロン。鳥が描かれているのは、それが魔術の鳥（未来の予言と関係のある鳥）であるため。

war"「行く、戻る、決して戦いで死なない」か、それとも"Go, return never, die in war"「行く、決して戻らない、戦いで死ぬ」か？　これを正しく区切ることができるのは、戦争が終わってからである。区切るのは、生還した兵士かもしれないし、彼の死を嘆く親族かもしれない。

この相談でわかるとおり、神託所へ行った人がすべて国家の問題への助言を求めていたわけではない。この不安に駆られた戦士のように、もっと個人的なレベルでお告げを求めた人々もいた。デルポイまで旅をして相談料を払える人間は、おそらく裕福で人脈もあっただろう。古代ギリシアという小さな世界にあっては、ピュティアは最初から問題の内容を知っていた可能性がある。その問題は、噂話が交わされる晩餐会で本人の友人や親戚たちが詳しく論じていたかもしれない。たとえそうでなくとも、現代の身の上相談が示すように、人間は昔から同じような問題に悩まされており、昔ながらの解決策が今でも当てはまる。そういった解決策を、相談者に合わせて微調整すればいいだけである。

そして、神をまったく信じない無神論者でも、政治的あるいは個人的な助言を求めて神託所を訪れただろう。神託所以上に賢明で公平な助言を得られる場所はなかったからだ。その結果、重大な決定のほとんどはデルポイの助けを得てなされた。デルポイは皆の悩みをよく知っていたので、デルポイの託宣は確かな情報に基づいたものとなり、そのためいっそう熱心に求められた。ピュティアは自己実現的予言〔予言したという事実がその実現をもたらす予言〕を行う予言者だったのだ。

たとえば、リュディア（当時小アジアで強力だった国）のクロイソス王は、ペルシャ帝国を攻撃すべきかどうか神託所に尋ねたことがあった。答えは、攻撃したら偉大な帝国が倒れる、というものだった。神託は正しかったが、ピュティアは負ける帝国が彼の国かどうかは言わなかったため、クロイソスは悩まされることになった。また、アテナイ人はペルシャの侵略からどのように防衛すべきかを神託所に尋ね、スパルタ人はアテナイを攻撃すべきかどうか尋ね、ブルータスは初期のローマの政治体制を打倒すると決めたとき神託所に相談をした。

ローマ帝国が支配するようになるとデルポイの神託所は権威を失っていき、最後の記録は後三六二年、皇帝ユリアヌスの問いに実質的には「閉店のお知らせ」とでも呼ぶべきもので答えたことだ。

ユピテル・ドドメウス。「真鍮の鳴る音、オークのざわめき、そして鳩の声とともに」

皇帝に告げよ、精緻なる社はくずれたので、
ポイボス［アポロン］はもはや自らの軒を持たぬ。
月桂樹は枯れ、霊感ある泉の水も沈黙した。[5]

デルポイは代表的な神託所だったが、神託所はほかにも数多くあり、最古のものはギリシア北西部のドドナにあったゼウスの神託所である。この神託所がいつ設立されたのかは明らかではないが、紀元前三〇〇〇年紀のいつかだったと思われる。この神託所は現代の魔術の研究者から特に関心を寄せられている。神の啓示を伝えるのに、訓練を積んだ予言者を必要としなかったからだ。その代わりに、神聖な森の中でオークの葉にそよぐ風の音がゼウスの啓示を伝えていた。ホメロスはこう表現する。「彼らは聞く／葉の鳴るオークから／不吉な神意を／そして自らの運命を知る／そよ風に乗って低くささやかれた声で」[6]

この神託所の遺跡は今日でもよく知られており、ドドナの古代劇場など一部分は最近修復された。泉は栄え、オークの木々は繁茂し、神からの霊感を求める訪問者たちは今でも木の幹に背中を預けて神が耳にささやきかけるのを待つことができる（それをするときは裸足になって大地と触れ合うのがいい。古代の神官はこのことを非常に重んじていたため、裸足でそこへ行ったのみならず、決して足を洗わなかったそうだ）。

エジプトからブリテンに至る古代世界に存在したほかの神託所について、ここで論じる余裕は

ドドナでのゼウスへの質問

デルポイの神託は国家の重要事項を扱うことが多かったのに対して、ドドナのゼウスの神託所は日常的な心配ごとについて人々を助けることで知られていた。神託を求めて鉛の板に質問を記した者もいたが、そのうちの3つ（前4世紀、5世紀、6世紀のもの）は神託所の訪問者の心配ごとを垣間見せている。

私は陸軍に志願するべきでしょうか［それとも海軍に］？
移住したら仕事をうまくやっていけますか？
クレタイア［妻］に優れた子を産んでもらうには、どの神に祈るべきでしょう？

巡礼者が神に対して子供に関する質問を記した鉛の板は牛耕式筆記法で書かれている。これは「牛が畑を耕す」ように、まず左から右へ、次は引き返して右から左へ、と1行ずつ方向を変える書き方。

ない。いずれにせよ、これらのほとんどはデルポイにならって閉鎖された。しかし、魔術師御用達の神託所、中央ギリシアのレバデイアにあるゼウス・トロポニオスの地下神託所には特別賞を与えるべきだろう。前三七一年にレウクトラの戦いでスパルタが負けてギリシア南部の支配が終焉すると予言したのは、この神託所だった。[7] この神託を行った予言者はアスタルテとつながりがあった。アスタルテは、さらに昔の、ギリシアで文明が発達する前のメソポタミア文明期に崇められていた女神イシュタルのギリシア名である。神託所は、暗く危険な下り坂を通ってしかたどり着けない地下の洞窟で託宣を告げた。予言が行われた正確な場所は現在は不明である（が、一八世紀の悪名高い〈ヘルファイア・クラブ〉のイギリス人「紳士」たちはこの再現を試みた）。現代の都市リヴァデイアを訪れる人なら、プロフィティス・イリアスの丘にあるゼウスの神殿の遺跡に向かって質問を投げかけてみるといい。その下の洞窟が、失われた神託所の地として最も可能性が高いのだ。

予兆、凶兆、先触れ

未来について神に問うために、必ずしも神聖な場所まで長旅をせねばならないとは限らない。十分に大事な問題なら、予兆、凶兆、先触れなどを通じて神が皆に知らせてくれた。ただし、こうした婉曲的な警告を認識して読み解くには専門的な能力が必要だった。

大きな出来事から生じた波紋はさまざまな結果となって現れる。重大な結果もあれば些細な結

不吉な排便

古代ビザンティン帝国後期には、キリスト教信仰は昔の多神教の名残りと対立していた。デクシアノスというある地方の司教は、間の悪いときになんとも不愉快な先触れに遭遇した。夜中に目覚めてトイレに行き、腰を下ろしたとき、そこにいるのは自分１人でないと悟ったのだ。

> 彼［デクシアノス］は、自分の前に悪魔のような野蛮な生き物が立っているのに気がついた。それは完全に狂乱しているようだった。真っ暗闇の中でも、それが息をあえがせ、気味悪い目つきをし、卑猥な言葉をぶつぶつ言っているのがわかったからだ。彼は恐怖で呆然とし、全身汗びっしょりになった。恐ろしさであまりに激しく震えたために頭と首の関節が外れ、脊椎がずれた。
>
> 『聖テクラの奇跡譚』[7]

哀れな司教は悲惨な状態で発見された。その病状のため、そして予兆された内容のために。幸運にも聖テクラが夢の中に現れて、司教は自分の体に聖油を塗れば治る、と告げた。司教が夢の教えのとおりにすると、すべてが解決した。

果もある。たとえば、第一次世界大戦は二〇世紀の世界の政治を形作ったが、同時に、戦争がなければ出会わなかったであろう親たちが子供たちの世代を生み出すこともした――かくして、この大事変は地球的な事柄にもささやかな個人的な事柄にも影響を与えたのである。

古代人は、大きな出来事の波紋は、未来だけでなく過去にも及ぶ結果を生むと考えていた。過去へのタイムトラベルは自然の原理に反するため、こうした波紋によって生じる影響はよく目についた。それらは不自然、あるいは奇怪だったからだ。そういう予兆は非常に歪められていて、もとの出来事とは似ても似つかぬものになる。だから、それによる影響が生じて初めて説明がつくようになる。結局のところ、結果を見ただけですぐに原因が明らかになるとは限らないのだ。その結果が起こるのが出来事の前でも、あるいはあとでも。

プルタルコスは、世界を一変させた出来事――ユリウス・カエサルの暗殺――を論じる中で、そのような「時間の波紋」によって引き起こされた、前触れとなる不思議な出来事の例を挙げている。

運命で定められた出来事は避けられそうにないが、予言できないわけでもない。驚くべき前兆や顕示が報告されている。そう、空に走った光、夜になぜか壊れるもの、広場に現れる凶兆を示すとされる鳥。だが出来事自体があまりに重大なため、そうした兆候は論じられることもないのである。

さらに重要なことに、哲学者ストラボンは燃えているように見える群衆が走り去るところが目撃されたという例を報告している。［別の例では］ある兵士の奴隷の手から炎が噴き出したが、炎が消えたとき男の手は無傷だった。また、カエサルが［ある動物を神への］犠牲に捧げたとき、その動物の胸には心臓が見当たらなかったという。この最後の予兆は驚愕を生んだ。自然の摂理において、そのような生き物は存在しえないからである。[8]

現代の量子理論は、予兆はありうるという考えを支持している。この理論によれば、人間は過去に生きている。つまり、我々が五感で観察するものはすべて、ほんのわずかに実際より遅れているのである。神経刺激は指先から脳に達するのに一秒の何分の一かの時間を要する。音は、その音を生じた出来事の起こった場所との距離によって、最大一分ほども遅れて聞こえる。夜に星を見るとき、実際に見ているのは何年、何百年、はたまた何千年か昔の星だ。

数学を用いて説明するのが最適だと量子物理学者が言う問題を思いきり単純化すると、次のようになる。基本的に、量子理論が述べているのは、現象は観測することで「時間の波紋」によって引き起こされるという性質を失い、その現象は変化するということである。だが先ほど見てきたとおり、我々が観察するのは過去のものであり、崩壊は瞬時に起こる（量子もつれは、それが光の速さよりも速く起こることを示している）。つまり、観測されるには、結果は、その結果を生じさせた観測より前に生じていなければならないのだ。言い換えれば、現在のことは未来の出来事に影響されうるのである。この原理が理解できたなら、未来に起こる原因の結果として予兆や先触れを受け取るということも納得できるだろう。

凶兆も先触れも予兆の一種である。どれも意味はほぼ重なっているが、大まかに言うと（古代人が必ずしもそう区別していたわけではないが）凶兆は異常な出来事について、先触れは異常なものについての予兆である。この定義に従って、ユリウス・オブセクエンスが前二〇三年に記録した出来事を分類してみよう。[9] カピトリヌスの神殿を覆う金箔を烏が引きちぎるのは凶兆だった。鳥も金箔も自然のものだが、出来事そのものは不吉だったからだ。アンティウムで起こったように、鼠が金の冠をかじるのも凶兆だった。だがレアテで生まれた五本足の子馬はそれ自体が「不自然」（「自然」の既知の意味による）であり、ゆえに巨大隕石がアナグニアの空を染めたのと同じく、それは予兆だった。

オブセクエンスが言及するもう一つの出来事、「盾のような形の」丸い物体が東から西に移動したというのは、現代ならまったく別種の不思議な現象に分類されるだろう。

これらの出来事が何を予言しているのか、正確なことを知るのは困難である。実のところ、オブセクエンスは予兆を歴史上の出来事と照合できるようリストにしていた。だがその努力にもかかわらず、結果としては、彗星のようないくつかの予兆は非常に悪いということで衆目の一致を見た程度だった。もっと事例を集めて完璧な観測リストを作ったとしても、人間は常にその結果に干渉するという問題がある。先に紹介した事例では、悪い結果を阻止するため神官や行政官が改善措置を講じたと言われており、それは非常に効果的だった。論理を突き詰めて考えると、未来が定められているとの古代の考え方を認めるなら、こうした凶兆が本当に予言したのは、改善措置が講じられて成功するということなのだ（過去に影響を与える未来の話をするときよくあるように、問題を考えるのをやめて濡れタオルで頭を冷やしたくなることがある。ある賢い女性はかつてこう述べた。「未来は私たちが見るべきものじゃないわ」。未来から手を伸ばして過去を変えようとすることについても、同じことが言える）。

ピアチェンツァの肝臓

エトルリアの肝臓模型できわめて保存状態のいいものの１つは「ピアチェンツァの肝臓」と呼ばれており、現在はトスカーナ地方のピアチェンツァ市立博物館に展示されている。

この肝臓は占い用に16の区画に分けられている。16は４×４で魔術の数字である。「魔術の呪文」を意味するヘックス（*hex*）と「16進法」を意味するヘクサデスィマル（*hexadecimal*）には、言語的に緩やかなつながりがある。この16の区画の１つ１つが対応する天空の部分を表しているとすれば、各区画にそれが表す神が記されていることになる。占星術で牡羊座がマルス／アレスを、双子座がメルクリウス／ヘルメスを、射手座がユピテル／ゼウスを表しているのと同じように。

ハルスペクス（*haruspex*）**は、生贄にされて死んだばかりの動物の内臓を取り出す。**

腸卜《ちょうぼく》占い

古典的な占いの中には占星術など現代でも人気を博しているものがある一方で、消えてしまった占いもある。その一つが腸卜占いだ。動物の体を切り刻み、その肝臓から未来を予言するという古代の占いである（「腸卜」を意味する語〝haruspicy〟の〝haru〟は「内臓」を意味する語根で、現代の言葉〝hernia〟（ヘルニア）もそこから来ている）。

占星術と同じく、腸卜占いも古代ギリシアやローマよりはるか昔から行われており、バビロニア人もこの占いに優れていたと言われている。腸卜占いのローマ版は、ローマ人が魔術に関して頼っていたイタリアの民族、エトルリア人から伝えられた。

実際、今でもエトルリア人がどんなふうに腸卜占いを行っていたかを見ることができる。動物の内臓を用いる占いは複雑な技術だった。どんな複雑な技術とも同じく、生徒に教えたりベテランが参照したりするための模型や教科書が存在した。その結果、多くの博物館には肝臓の彫刻模型があり、どのような聖なる力が働いて肝臓を形作ったかを示すよう慎重に印をつけられている。あいにく、バビロニアやエトルリアの信仰についてはわからないことが多いため、それぞれの場合にどの神が言及されているのかは不明である。彫刻家は工芸品に関する簡略化した小さな教科書を使わねばならないことがあった。それは数千年間手荒く扱われてすり切れた末に現代人の手に渡った。

生贄が殺されると、ハルスペクス（専門の神官）が動物の体内を調べて肝臓を探す。肝臓と他の臓器との位置関係も大切なので注意深く記録される（それ自体も腸卜術という占いの一形態だった）。肝臓に接する胆嚢や、肝臓の尾状葉といった部位の大きさと位置、それに肝臓全体の大きさと形も調べられた。下部が内側に向かって折れ曲がった肝臓は最良の結果を予言した。

動物の生贄は普通、毎年の祝祭や戦いの前夜祭といった特定のイベントの一部として行われた。式を執り行う行政官が生贄の肝臓を気に入らなかった場合は、好ましい結果の出る肝臓を神々がもたらしてくれるまで、動物の生贄を続けるのが普通だった。当然ながら、吉運の肝臓を手に入れるまでに要する羊が多ければ多いほど、人々は憂鬱になるのだった。

彼［オクタウィアヌス］はペルシャ［を包囲した際］で好ましいお告げを得られなかったため、もっと多くの生贄を用意させた。だが動物たちが到着する前に敵が奇襲をかけてきて、生贄と、儀式のための道具を奪い去った。その場にいた腸卜占い師たちは、生贄の内臓を持ち去った者には、犠牲式をあげる者に起きる危険と災厄がふりかかる、と異口同音に言った。そして、まさにそのとおりになった。[10]

腸卜占いも未来が過去に影響を与えるという例である。羊は、生贄にされる時期や状況にちょうど適切な形に肝臓が育つように、生まれて成長しなければならないからである。

卜占

我々は、世界はすべてつながっていると考えている。ブラジルでの蝶の羽ばたきが、数週間後にテキサス州で竜巻を起こすかもしれない。古代人は誰からも「バタフライ効果」を教えられなかったが、教えられる必要もなかっただろう。鳥による吉兆占いの根底には、あらゆる物事は関連し合っているという考え方があるからだ。全体の中のどこかで起こった出来事は、必然的にそれ以外のすべての場所に変化をもたらす。だから、ある種の鳥の群れは、卜占が求める答えと結びついていた（鳥を用いたのは、天の近くにいるため神々の意志を感じやすいからだが、それ以外の魔術の動物も卜占に利用された）。

皇帝も行った……。描かれているのは、卜占官の杖リトゥース lituus を持ったアウグストゥス。

これまで見てきたように、結果から原因を探るのはとんでもなく難しい。そのため、古代ローマ人（ギリシア人よりもはるかに卜占を好んでいた）は、たとえば鳥の群れが次の選挙に影響を与える理由を解明しようとはしなかった。とにかく影響を与えるのだと知っていた。鳥の種類、群れの高さと方向、その群れが飛んだ時刻を注意深く観察すれば、このあとの未来を垣間見ることができた。

ストア派の哲学者は、神々が存在するのなら人類を思いやってくれるはずだ、という楽観的見解を有していた。思いやってくれるのなら、助けてくれるだろう。[11]鳥占いは神の意志を知るのに役立った。凶兆（オーメン

omen）も役立ったが、それは悪いことを警告した。吉兆占い（アウスピケ　*auspice*）は一般的に良いことを予言すると考えられた。だから今日でも、悪いことが起こりそうなら「不吉（オミナス）」〝ominous〟、良いことが起こりそうなら「幸先がいい（オースピシャス）」〝auspicious〟と言うのである。

　一般に、鳥占いを行う卜占官は、特定の質問に関して「イエス」か「ノー」かを求めた。質問が正式に提示されると、卜占官が適切な儀式で準備を整え、占いを行う場所と時間が定められた。卜占官はリトゥース（*lituus*）という杖で、鳥占いに用いる空のエリア、テンプルム（*templum*）を示した。卜占官が立つエリアにも印がつけられた（縦横それぞれ七歩ずつの広さと決められていた）。観察するエリアがよく見えるよう、儀式は丘の上で行うのが理想とされたが、周辺を視界から遮るものがあるほうが良かった。

　ひとたびテンプルムが区切られたなら、占いが完了するまで決して卜占官の邪魔をしてはならなかった。邪魔が入らないよう、卜占官が一人きりになることもあった。どんな場合でも、儀式は男性だけで進めるのが最善だった。後二世紀の学者フェストゥスによれば、予備的な儀式の一部として〝Exesto Virgo, Mulier〟（エクセスト・ウィルゴ、ムリエル）つまり「処女と未婚の女は立ち去れ！」という指示がなされたという。[12] ただし、女性が鳥占いを行ったという文献もある（再びメデイア登場）ので、女性が卜占官を務めることは禁じられていなかったらしい。いずれにせよ、ユピテルが儀式の進め方を気に入らなかったら、ユピテルがそう言ってくれただろう。

凶兆の鳥

アオサギよ、大洋の荒れ狂う深淵を逃れて、
警告を発する、調子外れで荒々しく、震える喉から声を絞り出し、
甲高く告げる、嵐が迫れり、恐怖に満ちて、と。

しばしば夜明けに、アウロラが露を放って霜を降ろすとき、
ナイチンゲールはその胸から邪悪な予言を吐き出す。
予言にて恐怖を与え、絶え間ない不平を喉から浴びせる。

しばしば黒い鳥が、休むことなく海岸をさまよいつつ、
荒れる海水に羽冠を突っ込み、うねる大波に首を委ねる。13

雷は儀式全体を中止せよという直接的な指示だった。その場合は念のために、ほかの予定も別の日に変更するほうがいいとされた。

占いは夜明けか日没に行うのが良いとされていた。そのほうが、占いの答えが鳥の群れから得られるのと同時にエクス・カエロ（*ex caelo*）（天から）も得られる可能性が高まる。直接的な命令である雷に加えて、稲妻、彗星、流れ星も神々からのメッセージを伝えるものだった。

鳥占いで最も重要な要素は鳥の群れアウスピケス・アリテス（*auspices alites*）なので、占いを行う者にはある程度の鳥類学の知識が必要だった。たとえば、ワタリガラスが右側に現れるのは好ましい予兆なのに対して、非常によく似た種類の鳥は左側に現れたときだけ吉兆だった。最も縁起のいい鳥はユピテルから直接送り込まれた鷲だが、一部の学者（神官的なところのあるプルタルコスなど）はハゲワシだと論じる。もう少し範囲を広げると、猛禽類はたいてい重要だった。猛禽類が一羽も現れ

ない場合は、ほかの鳥が参考にされることもあった。それは鳴禽類アウスピケス・オスキネス（*auspices oscines*）だ。卜占官は鳥が鳴いた時間や左右どちらのほうで鳴いたかに注意しなければならなかった。

テンプルムにいる鳥が餌を食べていた場合は、鳥が羽ばたきしているか、がつがつと食べているか、餌が地面に落ちているかどうかを確認せねばならない。こういう行動は非常に重要なので、あるローマの将軍は出征中に聖なる鶏の入った籠を一つか二つそばに置いていた。戦いが突発的に起こった場合、腸卜僧が来るのを待つ余裕はなくても、鶏にトウモロコシをさっと一つかみ与えてお伺いを立てるくらいはできただろう。

重大な海戦の直前、提督アッピウス・クラウディウスは聖なる鶏が餌を食べようとしないとの報告を受けた。その恐ろしい予兆に怒ったクラウディウスは「では水を飲ませろ！」と言って鶏を海中に投げ込んだ。戦いは悲惨な敗北に終わった。

ローマ人は鳥占いの仕事を上級行政官に割り当て、国家の問題アウスピカ・プブリカ（*auspica publica*）に関してユピテルに尋ねさせた。しかしローマの行政官たちは、崇高な目的のために任務を果たす一方で、その気になれば個人的な問題について占いを行うこともあったらしい。もちろん、結果の解釈には専門家による分析を必要とする場合もあっただろう。とりわけエクス・クアドルペダリス（*ex quadrupedalis*）による妨害（占いが四つ足の動物によって邪魔されること）があった場合には。狐、狼、イタチ、犬がそういう四つ足動物の代表だった。それらは特別魔力

鳥占いに勝つロムルスを描いたルネサンス期のイタリアの彫版画。

の強い動物だったからだ（152〜164頁参照）。

　現代では鳥占いの解釈ができる人間はほとんどいない。幸い、古代の文献に貴重な情報が残されている。鳥占いに興味があるなら、テンプルムの設定についてはプリニウスを[14]、お告げの読み解きにはフェストゥスを[15]参照するといい。ローマの政治家キケロによる『予言について』第一巻はほぼ全編が役に立つ。キケロ本人も、れっきとした卜占官だったからだ。

　この項を締めくくるのにふさわしいのは、世界を変えた卜占の話だろう。ロムルスはパラティヌスの丘の上にローマという都市を築きたがったが、双子の弟レムスはアウェンティヌスの丘にレムという新たな都市を築きたいと思った。

　二人は鳥占いで決着をつけることにした。それぞれが相手から離れた場所を選んだ。レムスは六羽のハゲワシを見たが、ロムルスは一二羽を見たと言われている。ロムルスがこれについて嘘をついたという説もあるが、レムスが異議を唱えると実際に一二羽が現れたという。[16]

夢

　キケロは夢を「奔放な魔術」と呼んだ。夢は呼び出すための儀式もなく勝手に現れ、本人やその職業が神聖であろうと世俗的であろうと誰にでも起こる現象である。あまりにも無秩序なので、その解釈にルールはほとんどなく、夢が何を予言したのかが明らかになるのは実際にその出来事が起きてから、ということが多かった。それでも、キケロをはじめとした古代の著述家たちは、きわめて明白な予知夢の事例を記録している。

アルカディア人の友人同士二人がメガラまで旅をしていて、一人目は宿屋に泊まり、二人目は知人の家に行った。

夕食を食べて床についたあと、二人目は真夜中に、連れが助けを求めている夢を見た。宿屋の主人に殺されそうだという。彼は最初その夢にびっくりして目覚めたものの、その後落ち着きを取り戻し、心配する必要はないだろうとベッドに戻った。

眠りに落ちると、さっきの友人が現れて言った。「僕が生きているとき君は助けようとしてくれなかったから、せめて僕の死体が埋葬もされずに放置されるのは防いでくれ。僕は宿屋の主人に殺され、死体は荷車に投げ入れられて畜糞に覆われてしまった。お願いだから、朝になったら荷車が出ていく前に町の門まで来てくれ」

彼はこの二番目の夢を心から信じて、翌朝門のところで荷車の御者に会った。荷車の中に何があるのかと問われると、御者は怯えて逃げていった。アルカディア人は友人の遺体を荷車から取り戻して犯罪を当局に告発し、宿屋の主人は罰を受けた。[17]

ペルシャ戦争中、侵略側の将軍マルドニオスは有名なギリシアの神託所のいくつかを試してみることにし、召使いを遣わしてそれぞれから予言を求めさせた。

アムピアラオスの神託所に送られた男は夢で託宣を受けた。夢では、神殿の下僕が神はここにいないと言って彼を追い返そうとした。彼が頑として動かずにいると、下僕は彼の体を押し出そうとし、それがうまくいかないと大きな石で頭を殴った。

それは将来の出来事と対応していた。マルドニオスは敵の王でなくその部下に引きずり下ろされ、石で頭を殴られて倒れたのだ。リュディア人の召使いが夢の中で殴られたのと同じように。[18]

古代の文献には予言的な意味を持つ夢の話が多く登場する。よくある夢の一つは、死んだ家族が現れて予言的な警告を行うというものだ。家族は死んでいるため今後何が起こるかを知っており、夢の中に現れることで生者に影響を与えられる。このような、予言が明白で疑いのない形で告げられる夢は、「定理的」と呼ばれる。

もっと一般的なのは、啓示が未知の源から来て、状況が象徴的に示される夢である。そういう暗喩的な夢は解釈を必要とする。現代の心理学者もそれには反論しないだろう。実際、夢の解釈に関する現存する古代の文献で最良のものは、後二世紀の占い師アルテミドロス・ダルディアヌスによる著書で、現代的な考え方と合致している。

我々の経験が眠っているとき頭の中で再現されるのは自然なことである。夢の中で、恋人は愛する人と自分が一緒にいるところを見、怖がりの人間は自分が恐れるものに遭遇し、飢えた者は食べ物のことを思い描く。喉の渇いた者は水の夢を見、食べすぎた者は嘔吐したり喉を詰まらせたりしている夢を見る。こうした例が示すのは、夢における経験は未来の予言などではなく、既に起こった事柄の解釈にすぎない、ということである。[19]

しかし、単なる夢もあれば、夢で現れる啓示的な幻視もある。本当に予言的なのは後者のほうだ。アルテミドロスは性的な夢とそれが何を予言するかを詳しく述べている（彼に言わせれば、近親相姦的な夢は必ずしもエディプスコンプレックスの表れではなかった。「母」には無数の象徴的な意味があるからだ）。また、蛇は強さや再生を象徴している。蛇は王の印であり、脱皮によって再生するからである。ヤマウズラは信頼できない人を表し、鰐はなんとしても誰かを避けるようにという潜在意識の叫びを意味する。猫は男性の浮気を象徴する、「なぜなら猫は鳥泥棒であり、鳥は女性を象徴するからだ」。鼻を失う夢は死を予言する。頭蓋骨には鼻がないからである。

しかしながら、夢は一つ一つ独特なため一般化するのは困難だ、とアルテミドロスは指摘する。彼は蛇を産む夢を見た女性七人の例を引き合いに出した。その子供の行く末はそれぞれ異なっていた。蛇自体がさまざまな意味を有するからだ。一人の子供は毒蛇のように首をはねられた。別の子供は予言者になったが、それは蛇が予言の神アポロンの聖獣だからである。
アルテミドロスについて興味深いのは、研究対象への常識的なアプローチである。「その夢が、その女性の子供に麻痺があるという意味なのは当然である。彼女は受胎したときも妊娠期間中も、ずっと病気だった。その子供の神経系が健全でないのは、何ら驚くべきことではない」[20]
したがって――ソクラテスが述べたとプラトンが言うように――未来の幻視と、現在の出来事をいろいろごちゃ混ぜにしたものとを分離するためには、自分の体を日常の経験から分離する必要がある。世俗的な事柄にかかわることが少なくなればなるほど、その人はより純粋で霊的な存在となり、夢は真に予言的なものになる。

人間の魂［アニマ］は肉体の外にある源から生じる。（中略）感情、活動、性的衝動に満ちた部分は最も密接に肉体とかかわっており、論理的で理性的な部分は肉体から遠ざかったとき最もよく効力を発する。
眠っているとき魂は［肉体の］感覚との連結を断っているため、真に過去を記憶し、現在を理解し、未来を予見している。そのとき眠る人間の肉体は死んだように横たわっているが、魂は元気に力強く活動しているのだ。[21]

古代人にとって、人生とはあらかじめ定められた経路をたどるものだった。予言や予兆は今後起こることを変えられないが、自分がどう行動することになっているかを予告してくれる。たとえそのように行動しなくとも、未来が変わることはない。あなたが警告を無視してその報いを受けることを、未来は既に「知っている」からだ。たいていの場合、未来を告げられたとき人ができるのは、喜ぶか、あるいは最悪のことに心の準備をするかのどちらかしかない。未来の出来事を避けようとする努力自体が、その実現をもたらしてしまうことも多い。

したがって、人生が幸せになるか悲劇になるか、今後どれだけの幸福や富や好運が得られるか得られないかについて、自分自身はほとんど影響を及ぼすことができない。だからといって、それを得る努力をしなくていいということではない。何もせずに成功することはないのだから。とはいえ、運命を変えられないという事実は、人は富や権力や成功によって判断されるべきではないことを意味している。真に人の価値を示すのは、運命づけられた道をどのように歩み、人生から投げかけられた問題にどう対処したかである。

困難なときの勇気、明るさ、決断力、あるいは栄えているときの寛大さや謙虚さ——これこそ古代人が求め、高く評価した性質であり、今なお追求する価値のある規範なのだ。

解説

藤村シシン

吸血鬼や魔法使い、死霊術師たち――エンタメの世界ではお馴染みのキャラクターたちが、古代ギリシア・ローマの現実の日常に潜んでいた……。

センセーショナルな主題で当時の魔術世界を一般向けに解説したのが本書『古代ギリシア・ローマの魔術のある日常』（原題：*Ancient Magic A Practitioner's Guide to the Supernatural in Greece and Rome*, 2019）である。

古代ギリシア・ローマ世界の魔術に馴染みが薄い日本の読者もいると思うので、ここで簡単に補助線を引いておこう。

「古代ギリシア・ローマ世界」とは、時代、地域、言語のパラメーターで定義された歴史的な概念である。

ここでの「古代」は紀元前八世紀から紀元後五世紀までの約一二〇〇年間の時代を指す。

「世界」は地中海沿岸全域だ。西はイベリア半島（現在のスペイン）、東はレヴァント（シリア、エジプト）、南はアフリカ北海岸、北はローマ帝国の領域までの広大な範囲が含まれる。そして「言語」は、古代ギリシア語とラテン語が使用された世界である。「魔術」と表現される現象は、かつてこの定義の範疇にある世界のあらゆる影に潜んでいた（時には公然と！）。

中でも、魔術の文献的な証拠はローマ世界に集中している。ギリシア世界よりも魔術が高度化・戯画化し、魔女や魔法使いをより恐ろしく強大な存在として表現することが多い。本書でもローマの方に比重が置かれているのはそのためである。

こういった資料に基づく西洋古代魔術の研究は、一九世紀から本格的に始まった。しかし「魔術」という言葉のイメージが与える偏見から、長い間「学問としては不適切な分野」とみなされていた。

二〇世紀以降、J・ゲイジャー、C・ファラオネ、R・エドモンズら魔術史家たちによる研究により、現在では西洋古代史の中でもとりわけエキサイティングな分野として確立している（なんといっても、古代人がその手で書き殴った呪詛板が一七〇〇枚も出てくるし、魔道書には古代人の赤裸々な欲望が書き綴られていたりもするのだ）。

近年では、古代の魔女とフェミニズムの関連性、古代の魔術が後世や現代エンタメに与えた受容の歴史など、多角的なアプローチが始まっている。

本書『古代ギリシア・ローマの魔術のある日常』は、古代魔術世界をいち早く一般向けに解説したものとして非常に意義深い。

原著者のフィリップ・L・マティザックは、博士、兼、プロ作家の二つの顔を持つ異例の人物だ。オックスフォード大学セントジョンズ・カレッジにて古代ローマで博士号を取得し、ケンブリッジ大学の生涯教育研究所で古代ローマ史を教えている。同時に、イギリスのプロのノンフィクション作家として著作も多い。代表作には *Chronicle of the Roman Republic*（邦題『古代ローマ歴代誌——7人の王と共和政期の指導者たち』）や、*24 Hours in Ancient ROME*（邦題『古代ローマの日常生活：24の仕事と生活でたどる1日』）など、古代ローマを中心に、古代ギリシア、古代文明に関する歴史作品を生き生きと執筆している。専門知識と作家としての語りの面白さのドッキングが彼の本の大きな魅力であり、本書にも存分に表現されている。

本書の刊行にあたって、原書房より内容に関する質問と相談をいただき、主に以下の助言を行った。

主に日本語でのギリシア語・ラテン語転写表記の統一を行った。長音は基本的に省いている（例：ネーレーイス→ネレイス）。しかし慣習に従って一部例外を許したものもある（例：コキュートス）。

さらに最新の研究によって定説が変化したものは、一部注釈にてフォローアップした（例：死霊神託所の実体など）。

ここ数年、古代魔術研究の世界は新しい発見や発掘品、史料が続々と発表されている。今も誰かに掘り返されるのを待っている呪咀板や、本棚の隅で唱えられるのを待っている呪文書――。本書で古代魔術世界に興味を持たれたら、ぜひさらなる深みへと入り込んでいってほしい。

原注

第一章
（1）PGM（『ギリシャ語魔術パピルス』）4、「テッサリア人の悲しみの呪文」2140-44。
（2）『申命記』18. 11。
（3）『サムエル記上』28. 3。
（4）『キケロ対ファティニウス』14。
（5）『サムエル記上』28. 3。
（6）ウェルギリウス『アエネーイス』6. 705 以下。
（7）第 11 歌、20-101。
（8）『ヘリオドロスのエティオピア物語』6. 14。
（9）ルカヌス『内乱　パルサリア』6.700 以下随所。
（10）ヘロドトス『歴史』68. 27。
（11）カッシウス・ディオ『ローマ史』68. 27。
（12）ストラボン『地理誌』5. 4。
（13）ウェルギリウス『アエネーイス』6. 127。
（14）パウサニアス『ギリシャ案内記』ラコニア、25. 4。
（15）プリニウス『書簡集』83。

第二章
（1）プリニウス『博物誌』28. 4。
（2）オウィディウス『祭暦』2. 572。
（3）PGM 4. 2967-3006、E・N・オニールの翻訳と原書『ギリシャ語魔術パピルス』による。
（4）1. 425。
（5）プリニウス『博物誌』28. 77。
（6）PGM 615。
（7）Pettigrew *et al.*, 'Factors influencing young people's use of alcohol mixed with energy drinks', *Appetite* 96.
（8）Zerjal *et al.*, 'The Genetic Legacy of the Mongols', *AJHG* 72: 717-21.

（9）『使徒言行録』8. 20。
（10）『異教徒論駁』2. 12。
（11）『全異端論駁』20。
（12）タキトゥス『年代記』12. 66。
（13）スエトニウス『ローマ皇帝伝』「ネロ」33。
（14）スエトニウス『ローマ皇帝伝』「ティベリウス」14。
（15）『偉大なるパラケルススと呼ばれるホーエンハイムのアウレオールス・フィリップス・テオフラストゥス・ボンバストゥスによる秘伝の錬金術についての著述』193。
（16）『歴史叢書』4. 45。
（17）フォティオス『図書総覧』190の要約。
（18）オウィディウス『ヘーローイデス』6.8以下。

第三章
（1）ファローネ『古代ギリシャの愛の魔法』42で論じられた「ＳＭ」47. 19-27。
（2）プルタルコス『モラリア』256c。
（3）アンティポン『毒を盛った継母』1. 19。
（4）ホラティウス『エポドン』5。
（5）プリニウス『博物誌』20. 56。
（6）オウィディウス『恋愛指南』2. 12。
（7）ディオスコリデス『薬物誌』。
（8）『サテュリコン』134以下。
（9）『ソフロンにおける愛の魔法と浄化』PSI 1214a、およびテオクリトス『女魔法師』1、「牧歌」2. 10以下。
（10）ユウェナリス『風刺詩集』66. 15以下。
（11）プルタルコス『モラリア』139a。
（12）ホラティウス『エポドン』5。
（13）マルティアリス『エピグラム』62。
（14）ＰＧＭ 4, 355-82。
（15）ＰＧＭ 101. 1以下。
（16）ルキアノス『嘘好き』14-15。
（17）*Zeitschrift f?r Papyrologie und Epigraphik* 196: 159-74.
（18）ヘシオドス『神統記』424-27。
（19）オウィディウス『変身物語』7. 168-71。
（20）ヘシオドス『ヘラクレスの楯』250以下。
（21）アポロニオス『アルゴナウティカ』第4歌1655。
（22）ラテン金石文全集（CIL)8. 19525。
（23）Sethian Hoard 16, Wunsch 1898 *Sethianische Verfluchungstafeln Aus Rom.*

第四章

（1）ピロストラトス『テュアナのアポロニオス伝』4. 25 随所。

（2）プリニウス『博物誌』28. 2。

（3）ケルスス 3. 23。

（4）*Uttuku Lemnutu* の板　3。

（5）『詩論』1. 340。

（6）ヒッポリュトス『全異端論駁』4. 35。

（7）オウィディウス『祭暦』6. 130 以下。

（8）聖アウグスティヌス『神の国』9. 11。

（9）ウェルギリウス『牧歌』8。

（10）オウィディウス『変身物語』1. 200-240。

（11）*Libri Medicinales*6. 11。

（12）ヘロドトス『歴史』4. 105。

（13）プルタルコス『プルターク英雄伝』「カエサル伝」61。

（14）プリニウス『博物誌』8. 82。

（15）22. 57. 4。

（16）ペトロニウス『サテュリコン』61 以下。

（17）A. Salayov?, 'Animals as Magical Ingredients in Greek Magical Papyri: Preliminary Statistical Analysis of Animal Species', *Graeco-Latina Brunensia* 22 (2017).

（18）PGM 12. 401 随所。

（19）アイリアノス『動物の特性について』15. 11。

（20）アプレイウス『黄金の驢馬』2. 24。

（21）プルタルコス『プルターク英雄伝』「ティベリウス・グラックス伝」1. 2 以下。

（22）アイリアノス『動物の特性について』1. 51。

（23）プリニウス『博物誌』8. 78。

（24）ウィリアム・シェイクスピア『マクベス』4. 1。

（25）アイリアノス『動物の特性について』4. 27。

（26）『テュアナのアポロニオス伝』3. 48。

（27）P. Godefroit, 'A Jurassic ornithischian dinosaur from Siberia with both feathers and scales', *Science* 345 (2014).

（28）ヘロドトス『歴史』2. 75 および 2. 76。

（29）『神話集』14。

（30）ホメロス『オデュッセイア』20. 61。

（31）『アルゴナウティカ』3. 1115 以下。

（32）ホメロス『オデュッセイア』12. 49。

（33）オウィディウス『変身物語』7.217

（34）ホメロス『イリアス』第 6 巻。

（35）『テュアナのアポロニオス伝』3. 7。
（36）『テュアナのアポロニオス伝』3. 9。
（37）ヘロドトス『歴史』2. 1. 73。
（38）プリニウス『博物誌』10. 2。

第五章
（1）PGM 8. 579-90。
（2）'"Superstition" in the pigeon', *Journal of Experimental Psychology* 38: 168-72.
（3）オウィディウス『祭暦』5.490 以下。
（4）アプレイウス『ソクラテスの神について』15。
（5）『ローマ皇帝伝』「ネロ」34。
（6）ヨセフス『ユダヤ古代誌』8. 2. 5。
（7）PGM 13. 242。
（8）ヨセフス『ユダヤ古代誌』8. 42。
（9）Berdoe, *The Healing Art*, University of California History Collection からの翻訳。
（10）プルタルコス『食卓歓談集』5. 7. 3 以下（『モラリア』）。
（11）プリニウス『博物誌』28. 7。
（12）PGM 13 1065-75。
（13）プリニウス『博物誌』18. 43。
（14）*Lex Cornelia de Sicariis et Veneficis* 81。
（15）『学説彙纂』48. 8. 2。
（16）Kotansky 1994, no. 24.
（17）プルタルコス『プルターク英雄伝』「ペリクレス伝」38。
（18）PGM 4. 256。

第六章
（1）キケロ『予言について』1.1（ローブ・クラシカル・ライブラリー 1923 年版）。
（2）Soares and Levinson, 'Cheating Death in Damascus', *Formal Epistemology Workshop* (2017).
（3）スエトニウス『ローマ皇帝伝』「アウグストゥス」94。
（4）Harvard University Press, 1940.
（5）十二世紀の歴史家ケドレノスの文献より、532 ボン版。
（6）ホメロス『イリアス』16. 230。〔後半のカギカッコ内の引用は後世の創作〕
（7）キケロ『予言について』1. 33。
（8）プルタルコス『プルターク英雄伝』「カエサル伝」63。
（9）リウィウス、30. 2. 9 以下。
（10）スエトニウス『ローマ皇帝伝』「アウグストゥス」96。
（11）キケロ『法律』2. 13。

（12） フェストゥス『語の意味について』182M。
（13）ストア派学者ボエティウス、キケロ『予言について』1. 8（ローブ･クラシカル･ライブラリー 1923 年版） での引用。
（14） プリニウス『博物誌』18. 77。
（15） 350 以下。
（16） プルタルコス『プルターク英雄伝』「ロムルス伝」9。
（17） キケロ『予言について』1.27（ローブ･クラシカル･ライブラリー 1923 年版）。
（18） プルタルコス『モラリア』「神託について」5。
（19） アルテミドロス『夢判断の書』1. 1。
（20） アルテミドロス『夢判断の書』4. 73。
（21） プラトン『国家』9 570a 以下。

参考文献

次に挙げる文献は古代ギリシャ・ローマ世界における魔法を扱っている。しかし、これらの書物が描写する魔法の世界を十分に理解するには、それを生んだ社会をより広範囲に理解することが必要である。したがって、古代の魔法を研究するなら、こうした特化したテーマの文献だけでなく、古代ギリシャ・ローマに関する文献をできるだけ多く読むことをお勧めする。

Betz, H. D. *The Greek Magical Papyri in Translation, Including the Demotic Spells, Volume 1.* University of Chicago Press: 1986.

Collins, D. *Magic in the Ancient Greek World.* Wiley-Blackwell: 2011.

Faraone, C. A. *Ancient Greek Love Magic.* Harvard University Press: 2001.

Gager, J. G. *Curse Tablets and Binding Spells from the Ancient World.* Oxford University Press: 1999.

Graf, F. *Magic in the Ancient World.* Harvard University Press: 1997.

Johnston, S. I. *Restless Dead: Encounters between the Living and the Dead in Ancient Greece.* University of California Press: 2013.

Luck, G. *Arcana Mundi: Magic and the Occult in the Greek and Roman Worlds: A Collection of Ancient Texts.* Johns Hopkins University Press: 2006.

Ogden, D. *Magic, Witchcraft and Ghosts in the Greek and Roman Worlds: A Sourcebook.* Oxford University Press: 2009.

Skinner, S. *Techniques of Graeco-Egyptian Magic.* Llewellyn: 2014.

Tavenner, E. *Studies in Magic from Latin Literature.* Columbia University Press: 1916.
（注意：この文献を読むにはある程度のラテン語読解能力が必要である）

謝辞

魔法のテクニックや奥義を追求していく中で、執筆の兎の穴とでも呼ぶべき不思議な世界に入り込んでしまった私は、その旅の道案内をしてくれた研究者の方々に感謝している。愛の魔法に関する研究内容を快く教えてくださったクリストファー・ファラオーネと、悪魔に取り憑かれたトイレその他もろもろについて無知な私に多くの知識を授けてくださったオルガ・コロスキー＝オストロフには、特別の感謝の意を表したい。また、ジェイク・フラートンには、『ギリシャ語魔術パピルス』原書のＰＤＦを送ってくださったことにお礼を申し上げる。私は何日もかけてこの本と格闘した。

本書は実用的な魔法をテーマにしているため、私はそれほど危険でも難解でもない呪文をちょっと試して、その感触をつかんでみるべきだと考えた。ゆえに、妻と二匹の猫の寛大さにはおおいに感謝している。皆、私の頭がすっかりいかれたと思ったに違いない。

そもそもこのテーマを提案した人物、ポール・クリスタルには誰よりもお世話になった。これに関する彼の学術的で包括的な著書が出版されるのを楽しみにしている。

図版出典

メトロポリタン美術館、ニューヨーク　14, 33, 35, 40, 57, 85, 111, 120, 166, 178, 192
ルーブル美術館、パリ　49, 91
プフォルツハイム宝飾美術館　158 上
ピアチェンツァ市立博物館　218
ＲＭＮグラン・パレ（ルーブル美術館）／Herve Lewandowski　122, 160
カピトリーノ美術館、ローマ　106
Photo Scala, Florence/Fotografica Foglia--courtesy of the Ministero Beni e Att. Clturali e del Turismo　173
マッコーリー大学古代文化研究所、シドニー　60
ターラント国立考古学博物館　10
テッサロキニ考古学博物館　93
Edward Topsell, *The History of Four-footed Beasts and Serpents*, London, 1658　134
グレゴリアーノ・エトルリア美術館——バチカン美術館　171
Wellcome Images　17, 117 上 , 158 下 , 159
アルベルティーナ、ウィーン　22
オーストリア国立図書館、ウィーン　56
Eduard Winkler, *S?mmtliche Giftgew?schse Deutschlands*, Leipzig, 1854　12

著者
フィリップ・マティザック（Philip Matyszak）
オックスフォード大学セントジョンズ・カレッジにおいてローマ史で博士号を取得。ケンブリッジ大学成人教育校のｅラーニングコースで古代ローマ史を教えている。邦訳書に『古代ローマ旅行ガイド』『古代アテネ旅行ガイド』『古代ローマ帝国軍 非公式マニュアル』『古代ローマ歴代誌』『古代ローマの日常生活』がある。

訳者
上京 恵（かみぎょう めぐみ）
英米文学翻訳家。2004 年より書籍翻訳に携わり、小説、ノンフィクションなど訳書多数。訳書に『最期の言葉の村へ』、『インド神話物語　ラーマーヤナ』、『学名の秘密 生き物はどのように名付けられるか』、『男の子みたいな女の子じゃいけないの？　トムボーイの過去、現在、未来』、『リバタリアンが社会実験してみた町の話　自由至上主義者のユートピアは実現できたのか』『リバタリアンとトンデモ医療が反ワクチンで手を結ぶ話』（原書房）ほか。

カバー画像
Azoor Photo / Alamy Stock Photo
World History Archive / Alamy Stock Photo
© Fine Art Images/Heritage Images
Johannes Jonston, in *Beschryvingh van de Natuur der Vier-Voetige Diren, Vissen en Bloedlooze Water-Dieren, Vogelen, Kronkel-Dieren, Slangen en Draken.*

ANCIENT MAGIC
by Philip Matyszak
Published by arrangement with Thames & Hudson Ltd, London,
through Tuttle-Mori Agency, Inc., Tokyo
Ancient Magic © 2019 Thames & Hudson Ltd, London
Text © 2019 Philip Matyszak
This edition first published in Japan in 2024 by Hara Shobo, Tokyo
Japanese edition © 2024 Hara Shobo

古代《こだい》ギリシア・ローマの魔術《まじゅつ》のある日常《にちじょう》

●

2024 年 9 月 30 日　第 1 刷

著者……………フィリップ・マティザック
訳者……………上京《かみぎょう》恵《めぐみ》
装幀……………伊藤滋章
発行者……………成瀬雅人
発行所……………株式会社原書房
〒 160-0022 東京都新宿区新宿 1-25-13
電話・代表　03(3354)0685
http://www.harashobo.co.jp/
振替・00150-6-151594
印刷……………新灯印刷株式会社
製本……………東京美術紙工協業組合
©LAPIN-INC 2024
ISBN 978-4-562-07466-2, printed in Japan